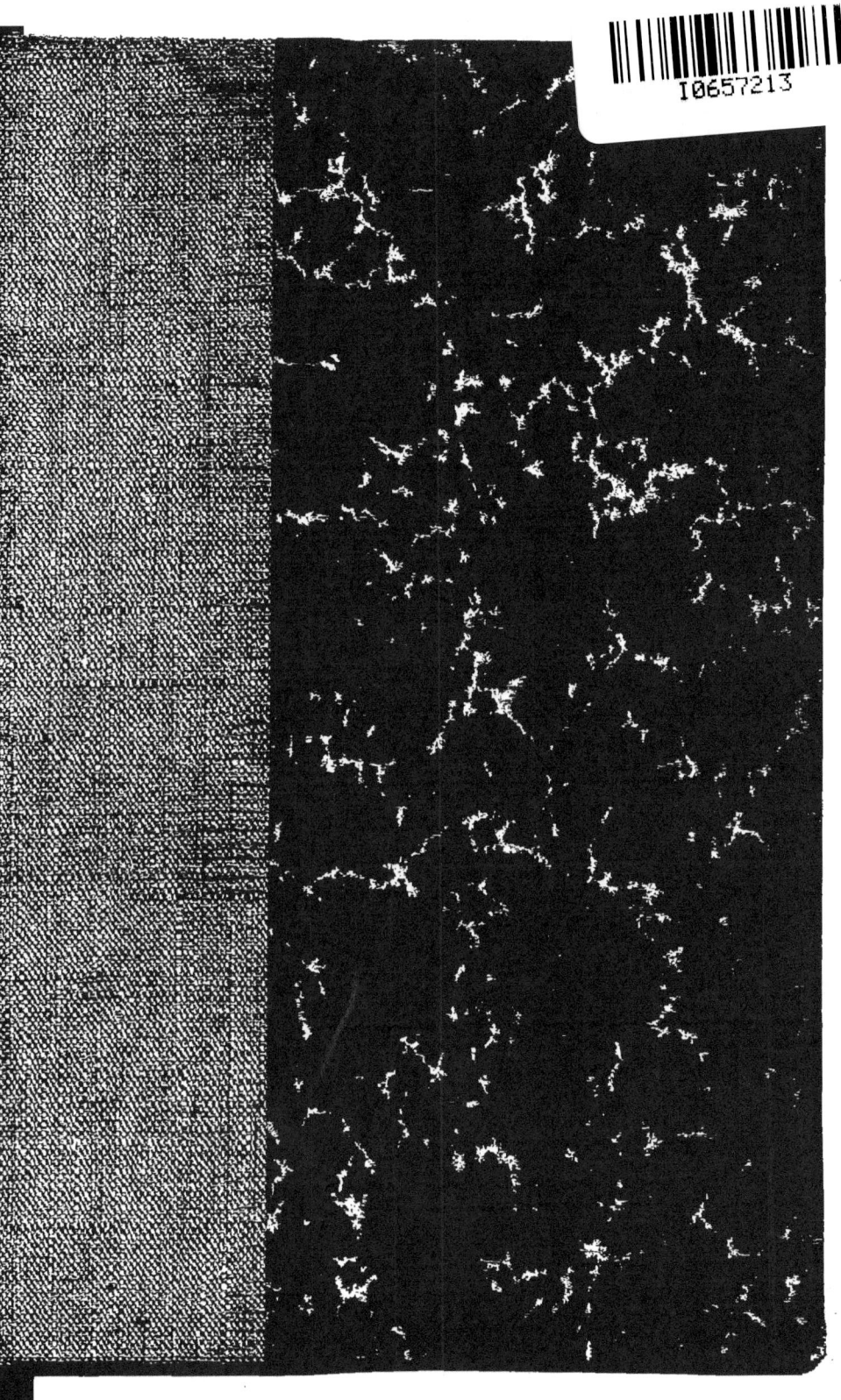

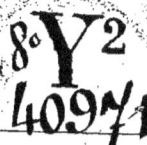

PRIX : **60** *centimes.*

PAUL LACOUR

LE

DIABLE AU CORPS

PARIS

ERNEST FLAMMARION, ÉDITEUR

26, rue Racine, 26.

LE DIABLE AU CORPS

A LA MÊME LIBRAIRIE

DU MÊME AUTEUR :

Collection in-18 jésus à 3 fr. 50 le volume.

UN ROMAN DU PREMIER CONSUL. . . . . 1 vol.
GILBERTE. Roman. . . . . 1 vol.

ÉMILE COLIN, IMPRIMERIE DE LAGNY (S.-&-M.)

PAUL LACOUR

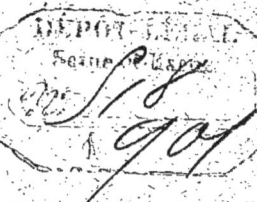

Le Diable

au Corps

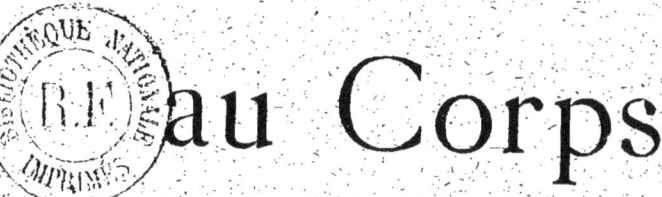

PARIS

ERNEST FLAMMARION, ÉDITEUR

26, RUE RACINE, PRÈS L'ODÉON

LE DIABLE AU CORPS

A PROPOS DE BOTTES

— Sacrebleu ! elles me serrent, dit Georges
Turot.

— Oui, monsieur, mais elles vous vont
comme un gant.

Le bottier passa sur le cou-de-pied une
main caressante.

— Voyez, monsieur, quelle ligne ! Le prince
de Sagan n'est pas mieux chaussé.

— Je ne sais ; mais s'il est emprisonné
comme ça tous les jours, je le plains, le pauvre
homme !

— Frappez un peu du pied, monsieur.

Turot frappa sans conviction.

— Oh ! dit-il, ça ne descendra pas davantage, allez, ça ne peut pas descendre. Je ne serais pas plus à l'étroit dans un carcan ; enfin, je n'ai heureusement que la soirée à passer !

— Quand monsieur aura marché un peu, il n'y pensera plus, répondit le bottier.

— Vous en parlez à votre aise, vous.

Et, derrière la porte, il lança au fournisseur cette appellation vengeresse :

— Bourreau !

Resté seul, avant d'oser mettre un pied devant l'autre, Turot contempla ses bottines.

Elles étaient jolies vraiment, lui moulaient le pied, le rapetissaient, vernies, brillantes avec des luisances de miroir. De vraies glaces de Venise et noires comme le More.

Il leva un peu la jambe.

— Parfait ; on peut se mirer dans ses pieds : c'est simple et économique.

Il sourit. Et voilà que, par enchantement sans doute, la souffrance diminuait, allait s'atténuant de plus en plus, disparaissait tout à fait.

Il se leva, plein d'allégresse, et aussitôt

roula par terre, comme un lièvre qui boule
au coup de fusil. Le tapis amortit heureusement sa chute, mais sa tête alla cogner à
l'angle d'un meuble. Il en fut étourdi tout
d'abord.

Ses pieds, ses pauvres pieds, s'il ne les sentait plus, c'est qu'ils étaient engourdis, anky-
losés, sans vie, exsangues. Maintenant qu'il
avait bougé et même un peu plus qu'il n'avait
voulu, ils reprenaient connaissance, dans
l'étreinte du cuir inflexible.

Turot se releva, puis, s'aidant d'une canne
et ne perdant pas de vue les sièges secou-
rables, il fit quelques pas, enfin jeta la canne
sur le divan et osa, comme un homme ordinaire, faire le tour de la chambre.

— Somme toute, dit-il, je ne battrai aucun
record de marche ; mais c'est supportable.

Il résolut d'accomplir le programme de sa
soirée. D'abord, aller dîner au restaurant, ensuite, gagner quelque lieu où l'on s'amuse.

Il s'en fut dîner ; sur le trottoir, il songeait
avec orgueil : « Parmi tous ces passants, je
suis certainement le mieux chaussé. » Et il
louchait vers ses bottines, comme les nou-

veaux légionnaires vers le ruban rouge qui
étoile leur boutonnière. En des glaces, il se
regarda. Décidément il était bien mis, des
pieds à la tête, et c'est chose rare. On voit
tant de gens avec une jaquette à peu près
propre et des souliers qui ont fait campagne.
Ils aiment à marcher vite, ceux-là, pour échapper à un examen minutieux, tandis que lui !

Au restaurant, il s'assit près de l'allée où
passent les garçons pour le service, les pieds
en dehors, de telle sorte que la caissière elle-
même devait les remarquer. Malheureusement un garçon lui marcha sur l'orteil. Turot
poussa un cri, traita le maladroit de butor.
Ce fut, dans tous les doigts, une douleur terrible. On eût dit que son pied était harponné
avec des crochets de fer rougis à blanc. Il ne
put manger. Tout son être se concentrait en
souffrance dans la trop étroite cage de ses
bottines.

Cela finit par se calmer. Après avoir repoussé les plats solides, Turot absorba quelques desserts.

En lui endossant son pardessus, le garçon
renouvela ses excuses.

— C'est bon, lui dit Turot, une autre fois faites attention à vos pieds.

Et, à part lui, il songeait :

— A-t-il de la chance, celui-là, de pouvoir marcher sans s'en douter.

A peine sur le boulevard, il héla un fiacre et se fit conduire au Moulin-Rouge. Il arriva de très bonne heure. La salle était vide, les fauteuils inoccupés. Il en profita pour s'installer en bonne place. Il verrait défiler, sans remuer, le troupeau bigarré des femmes, il assisterait au spectacle. Il dévisagerait le sexe laid et il pourrait boire et fumer à l'aise, tout cela sans avoir besoin de faire un pas. C'était l'idéal.

Tout alla bien. Turot éprouva même des satisfactions peu ordinaires. Les belles petites, sans doute attirées par l'éclat de ses bottines, comme alouettes hynoptisées par le miroir, s'approchaient, virevoltaient, lançaient de glissantes œillades, puis s'éloignaient avec un coup de reins à droite, un autre à gauche et une œillade par-dessus l'épaule.

Un monsieur aussi bien chaussé devait avoir un gousset garni et un cœur généreux. Telle

était évidemment l'intime pensée de ces demoiselles.

Nul n'empêchait non plus Turot de penser
que ses avantages personnels n'étaient pas
étrangers à l'attention soutenue que lui té-
moignèrent quelques-unes. Celles-ci passèrent plusieurs fois, l'effleurèrent de leur jupe
parfumée.

Dans la capiteuse ambiance de ce harem,
Turot ne tarda pas à s'échauffer. Une roseur
vive lui monta aux pommettes. Ses nerfs se
tendirent dans une aspiration voluptueuse.

Il vit arriver une enfant de dix-sept ans au
plus, grande, élancée, aux yeux glauques.
Elle avait un maintien modeste qui contrastait avec celui de ses rivales. Cette réserve et
sa jeunesse décidèrent Turot. Quand, après
avoir fait un tour dans la grande salle, elle
repassa devant lui, il lui adressa un sourire
de bienvenue. Elle s'approcha. La conversation, vite engagée, les amena à prendre quelques rafraîchissements au café.

Aussi bien le jeune homme sentait sa gorge
se dessécher. Le désir la rendait aride. Oui,
le désir, car Huguette — ainsi s'appelait sa

conquête — était une fille peu commune. Vue de près, sa beauté, imposante au premier abord, se complétait de l'éclat des dents, de la finesse de l'oreille et du charme du sourire. Un je ne sais quoi de mystérieux émanait d'elle au surplus et remuait Turot au tréfond de son être.

Il prit la main d'Huguette et l'effleura de ses lèvres. Son impatience de jouir de privautés plus tangibles s'en accrut.

— Sortons-nous? dit-il.

— Oui, fit Huguette ; mais d'abord faisons un tour ensemble.

Comment refuser? Justement elle avait les yeux fixés sur ses fameuses bottines.

— Vous êtes vraiment bien chaussé, dit-elle.

Il eut un sourire négligent. Avouer qu'il ne pouvait marcher était impossible. Il se décida Mais quel calvaire! Il aurait fait aussi volontiers la route sur des charbons ardents. La porte de sortie lui apparut paradisiaque.

Il s'engouffra dans un fiacre derrière Huguette. Un soupir de soulagement lui échappa.

— Qu'avez-vous? dit la jeune femme.

— Je suis ravi d'être seul avec vous, s'écria-t-il.

Et, bien qu'il pensât à ses pieds meurtris plus qu'à tout le reste, il couvrit de baisers la main dégantée de sa nouvelle amie, il enserra sa taille ronde et souple, il explora le haut de la gorge.

Huguette le laissait faire, muette, telle une idole. Elle était jeune, mais non point neuve à l'amour. Que lui importait cet étranger ou un autre! Pourvu qu'il la payât largement, elle l'aimerait comme et autant qu'il voudrait.

Turot avait dirigé la voiture sur le quartier Marbeuf, où demeurait Huguette, mais, chemin faisant, la passivité de la jeune grue, son mutisme, l'étrange verdeur de ses yeux l'inquiétèrent. Il se remémora l'histoire d'un sien ami, en bonne fortune, dévalisé dans l'appartement où l'avait conduit sa Dulcinée d'occasion.

— Si vous voulez, dit-il, nous descendrons dans une maison meublée que je connais, non loin des Champs-Élysées. On y est très bien.

Huguette ne fit pas d'objection et bientôt ils gravissaient ensemble le premier étage de l'hospitalière demeure, où ils allaient passer la nuit.

— Sacrebleu, se répétait Turot, ça va encore quand je ne bouge pas ; mais quelle torture pour avancer !

Son martyre allait enfin finir. Ils étaient arrivés. Dès le verrou tiré, Huguette se déshabilla. Turot l'y aida fort galamment. Lorsque ce fut fait à demi, il s'occupa de lui-même. Hélas ! voilà bien une autre affaire. Les bottines résistaient et chaque effort pour les extirper n'avait d'autre résultat que d'arracher à ce pauvre Turot de sourds gémissements. Il constata qu'au-dessus de la tige sa jambe était enflée.

Alors une angoisse nouvelle entra dans son cœur. Si, à force d'énergie, il arrivait à se séparer de ses maudites chaussures, bien certainement, le lendemain, ses pieds tuméfiés n'y retrouveraient pas place. Et il ne se voyait pas du tout rentrant chez lui en chaussettes.

— Zut ! dit-il, j'aime encore mieux les garder.

Il expliqua son cas à la jolie Huguette.

— Moi, ça m'est égal, répondit cette impassible enfant ; seulement essuie-les bien, n'est-ce pas ?

Comme il avait plu abondamment, la précaution n'était pas superflue.

— Et voilà comment, me dit Turot, de qui je tiens cette histoire, il m'est arrivé, un jour, de coucher avec mes bottines.

— Et avec une jolie fille, ajoutai-je ; tout le monde ne peut pas en dire autant.

LE FLAIR DE CHAMPOL

Quelque temps qu'il fît, M. Marius Champol sortait de chez lui à huit heures précises et se rendait au café des Ifs pour y prendre son mazagran, fumer une bonne pipe et faire quelques carambolages.

Mme Champol trouvait fort désobligeante pour ses charmes cette ponctualité maritale à sortir de chez soi, à la fin de la journée, quand on a déjà dix occasions pour une de mettre le pied dehors, soit le matin, soit l'après-midi. La vie d'un architecte est très active. Il n'a pas beaucoup de loisirs à consacrer à la famille; si, après le dîner, il se dérobe encore à l'intimité conjugale, il devient une sorte d'époux honoraire.

Aussi Hélène estimait, non sans raison, que Marius la délaissait et son métier d'honnête femme dans ces conditions commençait, au bout de trois ans de ménage, à lui paraître bien pénible. Pénible surtout, lorsqu'on est jolie, fine, qu'on a de beaux yeux, dont la couleur de pâle émeraude tranche sur un teint mat, fait un contraste original avec la masse brune d'une chevelure abondante et si lourde qu'elle oblige la tête à se renverser un peu en arrière et à prendre un air de fierté, agréablement tempérée du reste par le sourire d'une aimable bouche. Surtout encore lorsqu'on a pour vanter justement ces indéniables attraits à défaut d'un mari devenu insensible ou aveugle, le regard chargé de désir, le salut plein d'intentions des jeunes gens les plus distingués de la petite ville, parmi lesquels nombre d'élégants militaires auxquels la stratégie amoureuse est familière.

Le hasard — le plus répandu des entremetteurs — fit se loger dans la maison voisine de l'architecte le lieutenant Karl Dugonnet, qui était certainement le plus séduisant des officiers du 185e de ligne : cheveux ras coupés

en brosse, yeux noirs, caressants, abrités de
longs cils, bouche sensuelle, moustache con-
quérante et surtout taille cambrée, avec une
large poitrine presque aussi bombée que celle
d'une femme. C'était un cavalier magnifique.

Bien différent de ce Champol, si empressé
à rejoindre ses amis des Ifs, il rentrait chez
lui, après le mess, et, accoudé à la fenêtre qui
dominait le jardin de ses voisins, il partageait
son admiration contemplative entre les étoi-
lés, petites amies divines, et le profil d'Hélène promenant autour des plates-bandes sa
mélancolie d'âme solitaire.

Des semaines s'écoulèrent d'abord sans
qu'un mot fût échangé entre eux. Mais, un
jour, Dugonnet, en faisant tourner entre ses
doigts la dragonne de son épée, la laissa tomber dans le jardin, presque sur la tête de Mme
Champol, laquelle poussa un cri léger, — oh !
léger ! qui toutefois autorisa le lieutenant à
lui adresser des excuses. Elle se montra si
peu fâchée, la bonne Hélène, qu'elle s'évertua à plusieurs reprises et avec une mala-
dresse vraiment amusante à relancer le galon
d'or à son voisin. Ce petit jeu improvisé les

égaya beaucoup sans qu'il eût pour résultat
du reste de rendre la dragonne à son propriétaire. Mais il en eut un autre, celui de rompre la glace entre les deux voisins. Ils se parlè-
rent désormais chaque soir. Ces entretiens à
distance étaient fort doux. La pensée leur vint
pourtant, et assez vite, qu'ils seraient aussi
doux, et plus faciles, s'ils pouvaient joindre
le geste à la parole et parfois remplacer celle-
ci par celui-là. La tiédeur embaumée de lilas
des soirs d'avril les incitait encore à ces rap-
prochements désirés. Nul doute que le lieutenant Karl Dugonnet ne se fût laissé choir
comme une simple dragonne, s'il avait cru
pouvoir remonter aussi rapidement. Il n'y
fallait pas songer.

Il se décida donc à demander à Hélène, qui
d'abord s'indigna, mais qui, au fond, en mou-
rait d'envie, un rendez-vous nocturne hors
du domicile conjugal. Il ne manquait à trouver que le prétexte à d'anormales sorties. Le
mois de mai avec ses saluts, trois fois la semaine, à Sainte-Clotilde, et trois autres jours
à Saint-Martin, offrait de pieuses raisons de
sortir de chez soi. Il les insinua et Mme

Champol les adopta à mains levées comme
si déjà elle tendait les bras à l'ingénieux
amant.

L'ami lecteur peut marcher sur les talons
de la charmante Hélène, bercer son oreille
du froufrou de sa robe et s'enivrer du parfum
qu'elle n'estimait pas négligeable en telle
occurrence et qui laissait sur son passage
comme un sillon odorant; il constatera que
la femme de l'architecte entrait bien à l'église
par le portail et, la perdant de vue à cet instant, il ne pourra certifier qu'elle n'est pas
restée jusqu'à la fin devant l'autel fleuri de
la vierge.

Lui dirai-je qu'en effet elle ne faisait dans
le saint lieu qu'une halte très courte et qu'elle
sortait par une petite porte voisine de la sa-
cristie, ouvrant sur une rue mal éclairée, où
un officier montait religieusement la garde
Cela est la vérité.

Cette habitude lui devint même si chère
qu'elle fit le plus mauvais des accueils à ce
brave Champol, lorsqu'un soir, parti depuis
cinq minutes à peine, ayant eu juste le temps
de traverser et de retraverser le pont du ca-

nal, il rentra et s'étonna de trouver sa femme
chapeautée, une mantille aux épaules, prête
à sortir à son tour. Il questionna :

— Et où vas-tu, ma chère amie, sans indiscrétion?

— Me promener, mon cher.

— A cette heure !

— C'est la vôtre, ce me semble !

— Oui, mais moi...

— Ce n'est pas la même chose, n'est-ce pas?
Souffrez que j'en juge autrement.

— Mais enfin, madame, vous savez où je
vais, moi, ce que je fais.

— Je ne vous empêche pas de me suivre.

— Je ne m'en donnerai pas la peine.

— A votre aise.

M. Champol se donna la peine, quoi qu'il
eût dit, de suivre sa femme jusqu'au seuil du
temple de Dieu, et s'en retourna édifié et riant
dans sa barbe. Il en riait encore au café. Ses
amis lui demandèrent les motifs de cette jo-
vialité, en même temps qu'ils lui firent le re-
proche d'arriver en retard. Alors avec bonho-
mie, il conta la chose. Il avait oublié sa pipe
et s'en était aperçu de l'autre côté du pont.

Tranquillement il était revenu sur ses pas.
Il dit combien il avait été surpris de trouver
sa femme sur le point de sortir.

Les amis du café des Ifs souriaient. Quelques-uns firent « Hum ! hum ! » Mais Champol haussa les épaules.

Une femme qui a de mauvais desseins
n'ose pas répondre à son mari avec l'im-
prudente insolence qu'avait mise la sienne
en ses répliques.

Le pharmacien Gardebois, partenaire habi-
tuel de l'architecte, observa d'un air rosse :

— Et quand vous seriez cocu, vous aussi,
mon bon ami !

— Je ne le suis ni n'ai envie de l'être, moi
aussi, mon cher Gardebois; et, si je l'étais, je
le sentirais tout de suite : j'ai le flair.

Ils se mirent tous à rire.

— Ah ! il a le flair.

— Parfaitement, reprit Champol, et voyez,
après cette légère alerte, je suis plus rassuré
que jamais. Ce qui faisait défaut à ma femme,
c'était la religion : il faut qu'une femme ait
de la religion ! Or, vous voyez qu'elle s'y met,
c'est bon signe, — oui, vous avez beau sou-

rire, vous, Gardebois, le libre-penseur, là-bas c'est un signe excellent...

Et, tout en acquiesçant poliment, cette rosse de Gardebois flûta *mezzo voce* :

— Un excellent *signe*, en effet... dans le genre de *celui* de Léda !

ROUERIE D'UNE INGÉNUE

Le courrier du matin jeta M. et Mme Bour-
rillon dans une agitation peu ordinaire. Il
contenait une lettre du baron Hector des
Rouelles, lettre significative, bien que très
brève « J'arriverai de la campagne dans l'a-
près-midi, écrivait M. des Rouelles, et sans
perdre un instant irai vous présenter mes
hommages. Je n'ai pas besoin d'ajouter que
j'espère avoir l'honneur de rencontrer votre
charmante fille. »

Le baron Hector des Rouelles n'était pas
précisément un beau parti. Il n'avait plus
beaucoup de jeunesse et plus du tout de cheveux. Un petit bedon, chaque année grossis-
sant, l'obligeait à marcher, les jambes en

échelle double ; ses oreilles étaient larges et
plates et il lui manquait, sur le devant, une
incisive que la multiplicité de ses occupa-
tions ne lui avait jamais laissé le temps de
faire remettre, à ce qu'il prétendait.

C'était sa marrotte à ce gentilhomme oisif,
de se dire fort occupé. Le fait est qu'il avait
toujours un air essoufflé de cachalot.

Aurélie Bourillon assurait que cela venait
tout simplement de ce que le baron était
poussif. Elle affirmait même qu'il n'était pas
plus affairé que baron et le tenait pour un
chevalier d'industrie.

Il y avait, dans cette accusation, un parti pris
évident. La noblesse de des Rouelles ne remon-
tait pas aux croisades ; mais elle valait celle
de la plupart de ses contemporains. Son
grand-père s'appelait Machin. C'était un honnête marchand de cochons d'un bourg ap-
pelé, comme chacun sait, des Rouelles. Il
avait eu deux fils, on appela le second Machin
des Rouelles, pour le distinguer de l'aîné, qui
habitait une autre localité des environs. Il en
prit si bien l'habitude lui-même qu'il s'appela Machin des Rouelles et signa pareille-

ment. Son fils Hector trouva que Machin
était inutile; il supprima ce vocable; mais,
pour donner à son nom un peu plus de corps
et d'œil, il s'attribua, sans y voir de mal, le
titre de baron.

Le commerce des cochons avait rapporté à
ses ascendants une fortune assez rondelette;
mais Hector avait des goûts de grand seigneur, — noblesse oblige! Ayant fortement
entamé son patrimoine, il avait jeté son dévolu sur Mlle Aurélie Bourillon, fille unique
d'anciens quincailliers retirés, ambitieux et
millionnaires. Ne fallait-il pas qu'il redorât
son blason!

Par malheur, il n'avait pas su plaire à cette
enfant, qui en aimait un autre, plus jeune
plus chevelu et nullement obèse.

Les parents d'Aurélie entendaient ne pas
céder au caprice de cette petite péronnelle.

— Tu n'épouseras pas ton godelureau, s'é-
cria Bourillon pour la centième fois, mais le
baron des Rouelles qui viendra cette après-
midi nous faire l'honneur de demander ta
main.

— Des nèfles, répondit Aurélie, à qui cette

tyrannie faisait manquer de respect aux au-
teurs de ses jours, je dirai « non » devant
M. le Maire, et nous verrons !

Le père Bourillon fit deux pas vers sa fille,
le poing levé, et il lui aurait vraisemblablement allongé une gifle vengeresse, si Mme
Bourillon, nature plus calme, bien qu'également éprise de la passion des grandeurs,
ne s'était jetée au-devant du soufflet, qu'elle
reçut d'ailleurs sur la joue droite, naturellement.

Aurélie s'était enfuie. Elle était fort résolue. Elle ferait ce qu'elle avait dit. La pensée
du scandale qui en résulterait n'était pas toutefois sans inquiéter son âme timide et vir-
ginale. Elle eût préféré trouver autre chose...
et elle trouva.

L'idée qui lui vint soudainement était au-
dacieuse ; mais, de même qu'on voit les mou-
tons devenir enragés, on assiste parfois avec
stupeur à l'aplomb déconcertant et à la
rouerie précoce des ingénues.

Elle prit un air résigné et déclara aux siens
qu'il se pourrait qu'elle consentît à épouser
M. des Rouelles, mais que, pour cela, il fallait

qu'elle eût avec lui un entretien particulier,
une conversation en tête à tête.

— Mais où cela? questionna Bourillon avec
étonnement.

— Dans un endroit convenable, bien entendu, répondit Aurélie : dans le salon par
exemple. Sous un prétexte quelconque, vous
nous laisserez seuls. Je ne pense pas que cela
doive effrayer votre baron.

— Ce n'est pas trop correct, objecta Bourillon ; mais enfin, puisque, dans le temps où
vivons ce sont les enfants, qui comman-
dent... Du reste, la mère et moi, nous ne nous
éloignerons pas.

J'ai oublié de dire que cette histoire très véridique se passait au temps où les vertuga-
dins étaient fort à la mode. Mlle Aurélie avait
imaginé de déplacer cet objet de garde-robes
et, au lieu de le poser par derrière, de le poser
par devant. Elle se livra, en se regardant dans
la glace, à une petite répétition dont l'effet lui
parut saisissant. C'était en plein la pauvre
fille qui a fauté et porte dans son sein le fruit
palpable de son amour illégitime. Elle sentit
le rouge lui monter au front. Il lui fallait

avoir du courage et elle en eut, car c'était
pour l'autre, pour l'élu de son cœur, pour le
godelureau, comme l'appelait son père,
qu'elle tentait ce coup audacieux.

Tout d'abord, le baron ne vit rien. Aurélie
prit soin, à dessein, pour qu'il ne soupçonnât
point la supercherie, de marcher en cane. Il
fut d'autant plus stupéfait, quand il crut remarquer, chez la jeune fille, une rotondité
anormale. Puis, Mlle Bourillon affectait une
amabilité inaccoutumée. Elle n'était pas éloignée de consentir et, si elle consentait, elle
tenait à ce que les choses allassent très
vite.

— Ah! je comprends, se dit des Rouelles je
servirai de pavillon, j'endosserai la pater-
nité... bonne tête!

Il calcula qu'il n'avait pas vu Mlle Bourillon
depuis deux mois, qu'à cette époque elle lui
avait manifesté une répugnance caractéris-
tique. La volte-face de son attitude rappro-
chée de l'autre chose ne lui laissait guère de
doute. Il resta un moment hypnotisé par la
proéminence inattendue qu'il avait sous les
yeux. Mlle Aurélie, devant ce regard fouil-

leur, eut un mouvement de pudeur très sincère, mais très visible, qui acheva de convaincre le prétendu.

Des Rouelles quitta froidement la jeune
fille et celle-ci, tandis qu'il rejoignait les
beaux-parents dans la salle à manger, rentra
rapidement chez elle et fit disparaître l'instrument de son stratagème.

— Eh bien ! cher monsieur, s'écria Bourillon
en allant au-devant de celui qu'il considérait
déja comme son gendre, vous venez de parler
à ma fille ; est-ce entendu, cette fois? Oui,
n'est-ce pas ?

— Non, monsieur, fit dignement des
Rouelles ; je ne me marie plus.

Aussi bien, pourquoi y aller par quatre
chemins avec des gens qu'il considérait
comme les complices de leur fille ?

Et, devant les visages ébahis du père et de
la mère Bourillon, il répéta fortement :

— Non, car je sais tout.

— Quoi ! tout ?

— Votre fille en a aimé un autre.

— Amourette sans conséquence.

— Sans conséquence ! Vous appelez cela

sans conséquence! Vous avez donc des yeux pour ne pas voir?

— Je ne comprends pas, monsieur.

— Oh! ça ne fait rien. Vous savez on ne me la fait pas, à moi.

— Expliquez-vous, monsieur.

— Eh bien! monsieur, pour appeler les choses par leur nom, votre fille est enceinte et vous vouliez me la colloquer! C'est du propre!

Il n'avait pas achevé que déjà M. Bourillon était sur lui pour l'étrangler. Des Rouelles ne dut son salut qu'à la subite irruption de Mlle Aurélie, laquelle se jeta aux genoux de son père, en le suppliant de traiter par le mépris une telle infamie.

Bourillon lâcha prise, pour regarder sa fille. Qui sait s'il ne douta pas d'elle, en une minute fugitive? Mais Aurélie se redressa, fine, élancée, la taille mince, exhalant en toute sa personne je ne sais quoi de virginal.

Le pauvre baron la regardait, tout ébaubi. Elle lui ouvrit elle-même la porte, en le priant de sortir, ce qu'il n'osa ne point faire, tandis

que, se tournant vers son père, la candide enfant murmurait :

— Je vous avais toujours dit, mon cher
papa, que cet homme était un malotru.

LA DOUCHE

La maison de campagne qu'avaient louée
pour trois mois les Dumoutiers plut tout de
suite à leur fils Étienne. Elle était d'aspect
gracieux, avec des murs de briques roses, des
fenêtres encadrées de vigne vierge, un côté
cour, et un côté jardin planté de vieux arbres,
de bosquets touffus. Il y avait même au milieu
de la pelouse le traditionnel bassin à poissons
rouges d'où fusait un jet d'eau.

Mme Dumoutiers avait pris le bras de son
fils, se promenait avec lui lentement dans les
allées, en lui vantant les avantages de cette
villégiature à une demi-heure de Paris et les
agréments de l'habitation elle-même. Comme

logement, c'était petit. Au rez-de-chaussée,
le salon, la salle à manger, le fumoir et la
cuisine ; tout cela un peu mesquin ; mais le
jardin rachetait les inconvénients de cette
exiguïté ; c'est dans le jardin qu'on prendrait
les repas, qu'on passerait son temps.

Étienne soudain fronça les sourcils. Sa
mère le regarda avec inquiétude.

— Qu'y a-t-il, mon fils ?

— C'est tout de même insuffisant, votre
petite baraque, dit-il. Dites-moi un peu où je
pourrai prendre ma douche !

— Mon Dieu ! s'exclama Mme Dumoutiers,
ta douche ! C'est vrai, je n'y avais pas pensé.

Étienne Dumoutiers, suivant les prescrip-
tions de son docteur et ses propres goûts,
se douchait chaque matin formidablement.
Le tub ne lui suffisait pas. Il lui fallait la
pluie froide sur la poitrine et sur les reins.
Et, là-dessous, il était heureux comme un
poisson, s'ébrouait, pataugeait, éclaboussait
les murs, puis se frictionnait avec un gant
et une ceinture de crin. Il avait, pour de tels
ébats, toute la place nécessaire. On la lui avait
réservée dans les bâtiments de la grande usine

Dumoutiers : Spécialité de construction de voitures d'enfants.

L'enfant gâté déclara :

— Vous n'en faites jamais d'autres. Je suis en voyage et vous louez cette maison avant mon retour !

— Sais-tu qu'il y a quinze jours que nous y sommes. Ton père avait hâte de venir.

— Si encore vous n'aviez pas oublié l'essentiel !

Mme Dumoutiers répondit hardiment :

— Tu n'en mourras pas. Tu te doucheras dans le jardin.

Cette idée apaisa Étienne.

— Je ne dis pas non, voyons.

Ils cherchèrent ensemble. Au fond du jardin, se trouvait un endroit propice. On y était hors de vue de tous côtés, sauf d'un. Et encore, une seule fenêtre de la maison du voisin ouvrait par là.

Étienne avait la bonne habitude de se lever à six heures. Il était peu probable que les habitants de ce châlet, des Parisiens sans doute, fussent debout si tôt.

Dumoutiers fils fixant donc son choix sur ce

coin d'ombre, se fit apporter tout de suite le seau et le suspendit lui-même aux branches d'un sycomore. Grâce à cette trouvaille la paix de la maison ne serait pas troublée, car tout le monde était heureux, quand M. Étienne était content.

A cœur joie, tous les matins, il trépigna d'aise sous la pluie factice, au milieu d'un concert d'oiseaux que le spectacle de sa beauté plastique laissait indifférents. L'opération terminée, le jeune homme parcourait le jardin au pas accéléré, achevait ainsi la réaction et gagnait un appétit de maçon. Nul ne le dérangeait ; la maison voisine dormait toujours. Il était ravi et bien portant.

Une nuit, ayant enterré la vie de garçon d'un de ses amis, il rentra très tard de Paris, et, trop excité par le champagne et autres libations, il dormit mal, si mal qu'il s'assoupit le matin seulement. Il était plus de sept heures, quand il s'éveilla. Jamais il n'avait eu plus besoin d'eau froide pour se rafraîchir la peau et se retremper les muscles. Il sauta à bas du lit, s'enveloppa d'un peignoir et courut au jardin.

Tout y dormait comme d'habitude, sauf les oiseaux. La petite manœuvre accoutumée commença. Il y avait à peine trois secondes qu'il recevait la légère cataracte sur les épaules, quand les volets verts du chalet voisin, en s'ouvrant brusquement, vinrent battre le mur.

A travers le réseau humide qui l'enveloppait, Étienne aperçut un visage rose dans un nuage de cheveux blonds qui disparut aussitôt; il lui sembla ensuite qu'il percevait un rire léger, sonore, ironique... et il se vit rougir des pieds à la tête.

Il hésita un instant, vira sur lui-même. Le seau maintenant était vide et, comme il n'y avait rien à faire, il prit son parti d'agir comme d'habitude. Il s'essuya, puis se frotta et, enveloppé dans son peignoir, traversa le jardin à vive allure.

Ce soir-là, il dînait chez des amis avec les siens. La maîtresse de maison le prit à part :

— Nous avons ce soir, lui dit-elle, une charmante jeune fille à dîner. Elle est non seulement jolie mais riche, c'est tout à fait votre affaire, sans compter que vous n'en trouverez pas beaucoup de pareilles à Paris; c'est une vraie Agnès, l'innocence même.

Étienne, qui songeait à se marier, accueillit très favorablement cette nouvelle. Lorsqu'il vit entrer Mlle Aline Bache, ce fut du ravissement. C'était un bouton de rose mousseuse qui serait doué des plus charmants yeux du monde, purs et bleus comme un coin de lac où se reflète un ciel sans nuages. Elle les ouvrait tout grands, comme émerveillés de ce qu'ils voyaient. Or, ce qu'ils voyaient, ce soir-là, principalement, c'était Étienne Dumoutiers empressé et ému.

Les deux jeunes gens sympathisèrent tout desuite; c'était visible. Cependant, au dessert, et comme on allait se lever de table, le hasard de la conversation dénonça le voisinage de campagne des Bache et des Dumoutiers.

Dès lors, Aline et Étienne devinrent silencieux. Ils cessèrent de se regarder et, au salon, s'assirent à l'opposé l'un de l'autre.

Étienne se sentait navré et furieux. Le matin, il avait dû être ridicule aux yeux de la

jeune fille, car c'était elle, ce ne pouvait
être qu'elle, il ne l'avait guère vue, mais la
reconnaissait. Elle n'en pouvait dire autant,
elle l'avait vu, lui, peu et beaucoup et même
trop. Aline gardait une sorte de terreur de
cet homme qui lui était apparu de façon si
inattendue et si singulière et qu'elle jugeait
cependant des plus charmants qu'elle con-
nût.

Dans le cours de la soirée, ils se trouvèrent
à nouveau, forcément, l'un près de l'autre.
reprirent de l'audace, osèrent se regarder
comme avant et même se sourire.

Ils se quittèrent avec une mélancolie douce
au cœur, prélude d'amour.

Étienne dit à ses parents :

— Je la trouve adorable, cette jeune fille.

Et il ajoutait à part soi :

— Seulement je ne vais plus oser prendre
de douches dans ce maudit jardin... Que
vais-je-devenir ?

Mlle Bache, interrogée par sa mère, avoua
que M. Dumoutiers lui plaisait beaucoup.

— Te plairait-il pour mari ? demanda sa
mère.

Aline rougit très fort et, après quelque hésitation, bredouilla :

— Oui, maman, seulement...

— Seulement!

— Seulement — continua Aline, délicieusement candide, — est-il possible, maman, d'épouser un homme qu'on a vu tout nu?

OEIL POUR OEIL

Si Mme Cronnigneau avait pu lire dans l'âme de son mari, elle n'aurait fait aucune opposition à ce que cet impatient Nemrod fît l'ouverture de la chasse comme il l'entendait.

Cependant ce mari peu délicat l'entendait de singulière façon, c'est-à-dire comme beaucoup, si je puis m'exprimer ainsi, attendu que ce qui paraît l'exception doit être la règle. Je n'imagine pas que tous ces gaillards costumés en Tartarins qui encombrent, vers la fin août, les gares de Paris vont sérieusement massacrer d'innocentes bêtes.

Leur déguisement n'est qu'un prétexte à brûler la politesse à leur belle-mère ou à déserter l'alcôve conjugale trop connue.

C'était bien là l'idée d'Eugène Cronnigneau, marchand de vins à Bercy. Les romans et les images l'avaient édifié sur l'emploi que font de ce jour fameux les soi-disant chasseurs, doublés de maris avides de caresses illégitimes.

Il allait donc avoir enfin, une journée à lui, bien à lui !

Lorsqu'il eut fait accepter à Mme Cronnigneau sa décision de prendre un permis de chasse et de gagner, la veille du jour réglementairement fixé, les plaines giboyeuses de la Picardie, il s'organisa pour rester à Paris chez la petite Alice du théâtre des Gobelains.

Seulement une chose l'ennuyait fortement. Ce truc de la chasse est excellent, il est vrai, mais il est bigrement éventé. Le faux chasseur est placé dans l'alternative ou de revenir bredouille, ce qui le vexe, ou de rapporter des Halles à son épouse des perdreaux faisandés et des lièvres pourris. La chose est connue. C'est toujours ainsi que se font pincer les maris qui abusent d'une aveugle confiance. Ce n'est pas moi qui les plaindrai.

Eugène courut chez son ami Louis Loroy

qui passe pour un Nemrod des plus distingués. Celui-ci est un ami intime du ménage
Cronnigneau, et, en cette qualité, n'a rien à
refuser au mari de Thérèse. Ainsi se pré-
nomme la jolie femme du marchand de vins.

— Mon cher Louis, lui dit Eugène, j'ai un
grand service à te demander.

— Parle, ami, répondit Loroy ; et comme il
connaissait son histoire, il ajouta : si c'est
impossible, c'est fait, si c'est possible ça se
fera.

— Je chasse avec toi dimanche prochain,
reprit Cronnigneau.

— La physionomie de Louis se crispa légèrement.

— Est-ce que ça t'ennuie?

— Non pas, du tout, au contraire, et alors?

— Quand je dis : je chasse, je veux dire je
suis censé chasser.

Le visage de Louis Loroy s'éclaira d'un sourire.

— Ah ! s'écria Eugène, je vois que tu aimes
mieux ça. Est-ce que tu t'imaginais que j'allais
tout abattre sous ton fusil, moi, un novice.
Sont-ils jaloux ces chasseurs ! Bref, comme

je reste à Paris, je compte sur toi pour m'apporter lundi un carnier bourré d'authentique gibier, tué la veille avec du plomb, offrant en un mot toutes les garanties désirables.

Cette combinaison plongea Louis dans un embarras voisin de la détresse. Lui non plus ne faisait pas l'ouverture. Lui aussi avait un rendez-vous des plus appétissants. Seulement, il n'en pouvait faire la confidence à son cher ami. Vous vous dites que la raison en est bien simple, qu'un amant n'avoue pas à un mari qu'il a besoin de sa liberté pour en jouir avec la femme dudit mari. Vous n'y êtes pas.

Mme Cronnigneau était bien la maîtresse de Loroy. Cela durait même depuis cinq ans. Mais justement, voici — le jeune homme en avait assez de cette maîtresse exigeante et jalouse — il la trompait et pour la tromper, il lui fallait bien plus d'ingéniosité et de roublardise que ce Cronnigneau qui n'était l'objet d'aucune surveillance, d'aucun soupçon.

Si Thérèse apprenait que Louis ne chassait pas, comme il le prétendait depuis quatre ans (un an après leur liaison il avait trouvé ce bon prétexte pour s'évader) elle entrerait dans une colère extraordinaire, et lui demanderait compte non seulement de ce dimanche-là, mais de tous les autres, de tous ceux que depuis cinq fois trois cent soixante-cinq jours il avait passés loin d'elle.

Tout valait mieux qu'une pareille scène, car dans l'exaspération de sa fureur Mme Cronnigneau était parfaitement capable de tout avouer à son mari.

Louis promit donc à Eugène tout ce qu'il lui demandait. Ils prirent rendez-vous pour le lundi suivant à la gare de l'Est, de sorte que ce n'était pas une nuit, mais bien deux nuits que s'octroyaient ces messieurs.

Ils se retrouvèrent, à l'heure dite, très exacts et très vannés aussi. Loroy avait bien fait les choses. Il remit à son ami deux lièvres, six perdreaux et cinq cailles.

— Alors, ça a bien marché ? dit Eugène.

— Parfaitement je te remercie. Et toi ?

— Oh ! moi, comme tu sais ce ne sont pas les terres labourées ni les luzernes qui m'useront les jambes. Cependant je ne me suis pas embêté, je te prie de le croire.

— Compliments.

Ils se serrèrent les mains avec effusion et tirèrent chacun de son côté.

Thérèse se montra ravie et parla tout de suite d'inviter Loroy à dîner pour le lendemain.

Sûr de lui, Eugène déclara que ce serait un peu tôt. Il fallait laisser à *sa* chasse le temps de *se faire*. Thérèse pinça les lèvres et répondit : soit, mais de si mauvaise humeur que ce bon Cronnigneau s'empressa de retirer son objection.

Il n'empêche que, le lendemain dans la matinée, cette charmante femme, aussi hérissée qu'une furie, s'irrua dans la pièce où son mari faisait ses comptes et se plantant devant lui les bras croisés, lui demanda sur un ton tout à fait impérieux :

— Et dans quelle boutique avez-vous acheté ces pourritures ?

Les yeux d'Eugène s'écarquillaient innocemment.

— Quelles pourritures ?

— Mais votre gibier, monsieur, faisandé, archifaisandé ! Et vous voulez me faire croire

que vous êtes allé à la chasse. Air connu.
Allons, avouez tout de suite, ou... ou je ne
sais pas ce que je ferai, mais ce sera terrible.

Eugène très ahuri, demanda à voir les
pièces à conviction et avant d'avoir le nez
dessus se rendit à l'évidence. Toute la cuisine
en était empestée. Alors, tête baissée, il avoua,
non pas toute la vérité, mais une partie de la
vérité. Il avoua qu'il était resté à Paris dans
la crainte de paraître d'une ridicule mala-
dresse à ses compagnons de chasse, à Loroy
en particulier. Quant à celui-là, par exemple,
il méritait qu'on lui lavât la tête. Sa conduite
était une abomination. On est plus franc
avec un ami intime. Si lui non plus ne quit-
tait pas Paris, il aurait dû le dire.

Rongeant son frein, Thérèse fit à son mari
quelques questions complémentaires et n'insista point davantage sur le mensonge d'Eugène. Celui-ci s'estima heureux de s'en tirer
à si bon compte après avoir essuyé le premier
feu.

Quant à Loroy, ce fut autre chose. Il vit arriver chez lui une femme au cœur gonflé de
rage, mais affectant une dignité méprisante.

Avec une apparente froideur, elle accabla son
amant de reproches cruels et d'accusations
exagérées dont l'injustice finit par le révolter.
Aussi dédaigna-t-il de nier, heureux d'ailleurs
d'une rupture devenue nécessaire.

Mais Mme Cronnigneau refusa de lui rendre
sa liberté :

— Non, monsieur, lui dit-elle, ce serait trop
commode de me tromper et de vous enfuir
après. A chacun son tour. Vous me trompiez,
monsieur Leroy ; je vous tromperai aussi, car
je demeurerai votre maîtresse. Je n'étais infidèle qu'à un seul homme, à mon mari ; il y
a deux hommes qui me trompent, lui et vous ;
car il est bien évident, n'est-ce pas, qu'Eugène
n'est pas resté à Paris pour enfiler des perles ;
il est donc équitable que je trompe en revanche doublement. Voilà pourquoi, tout en vous
gardant l'un et l'autre, j'entends sans retard
prendre un deuxième amant.

MADAME CHAMOUILLET

— N'est-ce pas votre avis? nous dit l'autre
jour Robert. C'est assommant, de n'avoir pas
toujours le même coiffeur? Si vous changez,
l'un vous coupe les cheveux d'une manière,
l'autre différemment; votre barbe se présente tous les quinze jours, après la taille,
sous des aspects divers.

C'est pourtant ce qui m'arrive depuis que
j'ai du poil au menton, et notamment depuis
une couple d'années.

Vous avez remarqué combien il est difficile, pour ne pas dire impossible, de dicter
son désir à un Figaro quelconque. Il répond:
« Oui! » et rogne, cisèle, raccourcit à son

4

idée. Les recommandations et les objurga-
tions n'y font rien.

J'ai choisi, pour ma commodité, un petit
perruquier pas cher, dans mon quartier, à
deux pas de chez moi. C'est très commode.
J'y vais en chemise de flanelle et en pan-
toufles, le matin ou le soir. Je m'évite ainsi
tout embarras et toute perte de temps.

Eh bien! le croiriez-vous? je n'ai jamais
pu être servi un mois durant, par le même
garçon. Dès que l'un d'eux, à force de préci-
sion de ma part, a compris ma pensée et l'a
su traduire, — cheveux longs aux tempes,
barbe rase sur les joues, — il disparaît.

J'ai fini par croire que je leur portais la
guigne, à moins que ce ne soit dans les us des
garçons coiffeurs, cette existence nomade. Je
me suis entêté contre le destin. J'y suis re-
tourné, j'y retourne encore, mais je connais
aujourd'hui la raison mystérieuse de ces
changements si fréquents.

La boutique est tenue par Mme Chamouillet. Elva Chamouillet est une belle femme
de trente-cinq ans, plantureuse, brune, la
lèvre supérieure légèrement ombrée, ce qui

ajoute à son air de force et de résolution.

On dirait volontiers que c'est un rude gaillard, que cette imposante personne ; mais, par les yeux jaunâtres et glissants, par le sourire effilé des lèvres, on la voit, on la sent femme, très femme, oh combien !

Anatole Bigeon, un brave garçon que j'ai connu au régiment, pendant mon volontariat, ne me démentira point. C'est lui qui m'a donné la clef du mystère.

Je le retrouvai un jour chez la « belle parfumeuse », comme quelques-uns l'ont surnommée. Il avait fini son temps depuis quinze jours et il débutait dans la maison, comme extra, pendant les fêtes de Pâques. La patronne venait de lui dire qu'elle le garderait.

Il me coupa les cheveux, me tailla la barbe, selon mes très nettes instructions, me fit exactement la tête que je voulais : je fus ravi. Nous nous remîmes à nous tutoyer.

Je lui glissai dans l'oreille :

— Tâche de te maintenir ici, ce qui ne me semble pas facile, car d'après ce que j'ai toujours vu, on n'y moisit pas longtemps.

Il me répondit avec un sourire un peu fat :

— Sois tranquille, quand j'y serai, j'y resterai. Entre nous soit dit, je crois que la patronne me gobe un peu.

— Parfait. Fais tout ce qu'il faut pour lui plaire. Si tu ne le fais pas pour toi, que ce soit pour moi, mon vieux.

— Foi de Bigeon, dit-il, ça ira, ou ça dira pourquoi ?

Je vous avoue que ma curiosité était piquée. Sous des prétextes quelconques, faciles à trouver, je vins deux fois en huit jours. Coups de fer à la moustache, frictions, etc.; j'usai de toutes les délices.

— Et ça va ? dis-je à Anatole.

— Très bien.

La seconde semaine, il me parut moins enthousiaste, bien que toujours content. La troisième, il était sombre, muet, rebelle aux questions.

La quatrième, il entra chez moi, tout à coup, comme un homme affolé.

Je remarquai sa maigreur et son regard vide. Il jura :

— C'est infect. Me voilà sur le pavé à présent !

— Oh ! dis-je, une place, ça se retrouve, je t'y aiderai au besoin ; mais, au moins, vas-tu me conter ce qui t'est arrivé. Tu étais si gai, il y a quinze jours !

— Mon vieux, dit-il, il m'est arrivé, à moi comme aux autres, — car je viens précisément de rencontrer mon prédécesseur, — que j'ai déplu à la patronne et qu'elle m'a flanqué à la porte.

— Des détails, voyons.

— Des détails, si tu veux. Voici sa façon de procéder, toujours la même, paraît-il : vous vous présentez ; selon qu'elle vous trouve ou non à son goût, elle vous accepte comme second garçon, — le « fond » en comportant deux, — ou vous blackboule. Une période de quelques jours s'écoule, pendant laquelle Mme Chamouillet vous lance des œillades, des mots sucrés, vous frôle la jambe sous la table, tandis que l'autre garçon est l'objet des plus désobligeants sarcasmes ou du plus farouche mépris.

— Cette période d'incubation ne tarde pas à prendre fin sans doute ?

— Au bout de huit jours environ, Mme Chamouillet dit alors à l'autre : « Mon garçon, vous paraissez souffrant ; le repos vous ferait du bien, je vous rends votre liberté. Dans huit jours, vous pourrez partir. En attendant, ne prenez plus la peine de fermer le magasin, votre camarade voudra bien mettre les volets.

— Cela veut dire, n'est-ce pas ? qu'une aurore se lève et qu'on va être admis à contempler sans témoin les charmes puissants de la belle Mme Chamouillet. Heureux coquin !

— Heureux coquin, oui, mais joie éphémère. Cette femme est terrible. Dès que le magasin est bien clos, elle vous invite à passer dans l'arrière-boutique. Là, Elva Chamouillet fait le récit de sa vie, verse quelques pleurs sur sa solitude, met à nu une âme pleine de suaves tendresses, et, comme tout cela l'étouffe, donne un peu d'air à son opulente poitrine et vous prend à témoin que son cœur bat très fort. On s'approche, on pose sa main sur le sein gauche, au halètement cadencé. C'est alors que, les deux bras soudainement glissés autour du cou, elle vous

appelle « mon chéri », en déclarant sa
flamme. Je rends cette justice à la gorge de
Mme Chamouillet qu'elle est encore aussi
ferme qu'abondante, et qu'elle exhale une
odor di femina très troublante. J'en eus dès la
première minute la tête en feu. Avec une
telle femme, d'un tempérament volcanique,
les minutes sont courtes, mais épuisantes.
Au bout d'une semaine, on commence à demander grâce. Vainement, car elle n'entend
rien où ne veut rien entendre. L'ardeur de sa
passion croît avec le temps. Le jour où, enfin,
elle vous sent impuissant à répondre à ses
appels les plus impérieux, les rapports se
relâchent, et bientôt elle vous rejette comme
un citron vidé. Ce fut, paraît-il, le sort de
tous mes prédécesseurs : c'est le mien.

— L'insatiable Mme Chamouillet a donc
prié ton camarade, dernier venu, de mettre
les volets.

— Ce soir même et, à cette heure, il entend le récit de sa vie; elle lui parle du trop-
plein de son âme, elle offre à sa main et à sa
bouche le toucher savoureux de sa superbe
poitrine. Cela me serait peut-être égal d'en

être privé, j'ai bu à ma soif, mais je rage
qu'un autre me remplace. C'est bête d'être
jaloux. Il y a heureusement la vengeance.

— Anatole, calme-toi.

— Je suis calme ; ce qui m'ennuie encore
dans cette affaire, c'est que je ne soignerai
plus ta tête ; tu retourneras chez Mme Chamouillet et je n'y serai plus.

Je vis une larme sous les cils de mon brave
copain. Etait-ce une vraie larme ? Peu importe.
Ses dernières paroles m'étaient allées au cœur.

— Mon pauvre vieux, m'écriai-je, puis-je
faire quelque chose pour toi. Que désires-tu ?

Alors mon barbier me répondit :

— J'ai mangé tout le saint frusquin du
mois avec cette bougresse. Donne-moi cent
sous, pour que je me console avec une autre.
Si elle s'imagine que je vais me jeter à l'eau
pour elle, plus souvent, ce n'est pas de ce
bois-là que je me chauffe.

Je trouvai bien l'image un peu incohérente,
mais je ne crus pas devoir lui refuser les cent
sous destinés à apaiser une soif de représailles
aussi légitimes.

LA PELLE

Au Bois, ils s'étaient accostés, pédalant. Cela sans se connaître ; mais la bicyclette rapproche les sexes, comme elle supprime les distances. Elle offre maintes occasions de prendre langue.

Mlle Olga Lurot, du théâtre des « Plaisirs-Boulevardiers », était une fervente cycliste. Depuis peu de temps, elle s'adonnait à ce genre de sport ; et entendait s'y distinguer, comme en toute chose.

Elle avait peur du ridicule. Pour cette raison, elle s'était montrée jusque-là rétive à l'usage de cette machine à deux roues, sur laquelle montent des femmes habillées comme des hommes. Beaucoup lui apparais-

saient grotesques, les unes massives, rêvant
de maigrir et ne réussissant qu'à rougir
comme des tomates et à souffler comme des
cachalots ; les autres, semblables à des
singes, exhibant, en guise de mollets, des
baguettes de tambour.

A mieux regarder cependant, quelques-
unes, très rares, étaient agréables à voir.
Celles-là étaient bien faites et bien habillées.
Elles n'en avaient que plus de mérite, en ce
costume qui, incontestablement, désavantage
la femme. Puisque le problème n'était pas
impossible à résoudre, elle aussi s'y appli-
querait. Elle se flattait d'être aussi Vénus
Callipyge qu'une autre. On verrait bien.

Et l'on voyait effectivement, chaque matin,
la nouvelle cycliste rouler, à petite allure,
dans les allées ensoleillées du Bois. Ses cor-
sages de soie mettaient la gaieté d'une note
claire sur la verdure des taillis. Plus d'un la
dépassait, pour voir si le charme du visage
répondait au chic du costume et s'éloignait,
tout rêveur. Son élégance même la mettait
à l'abri de trop banales entreprises. Le premier gigolo venu hésitait à tenter le flirt

avec une personne d'apparence aussi calée.

De telle sorte qu'Olga s'étonnait elle-même
que ses promenades quotidiennes incitas-
sent si peu de gens à lui manquer de respect. Elle ne recherchait pas les aventures.
Son amant était riche et généreux. Il était
même jeune et bien portant. Rien ne lui
manquait, qu'un peu d'inconnu, pour se
distraire. Elle n'eût point repoussé une galanterie adroite et discrète.

Au moment où elle y songeait le moins
voilà que, au tournant d'une allée, dis-
traite, elle se jeta sur un cycliste qui tenait
normalement sa droite. Par un miracle d'é-
quilibre et d'adresse, il leur évita la pelle en
commun.

Non content de virer sur place en fuyant, il
les avait redressées, elle et sa machine, d'un
coup de pouce, au moment où ils chaviraient.
Elle avait eu peur. Comme il revenait sur
elle, en souriant, elle s'excusa.

— Oh! ça me connaît, la bécane ! dit-il.

Ils marchaient maintenant côte à côte.
Elle remarqua son allure coulée. Il se servait
des pédales avec autant de naturel, qu'un

oiseau de ses ailes, et il avait l'air de raser le sol en volant.

A son tour, il la considérait. Il reprit :

— Permettez-moi de vous donner un conseil.

— Volontiers, monsieur.

— Enfoncez moins le pied, donnez de la souplesse à votre cheville.

— Comme ceci ?

— Oui, très bien ; mais la main très légère sur le guidon.

— C'est toute une leçon.

— Oh ! je n'en ai jamais pris moi-même.

« Il est peut-être venu au monde sur une bicyclette, » songea la jeune actrice.

— Vous en faites beaucoup, monsieur ?

A ces mots, sa position se modifia. Il cambra sa taille, en lâchant le guidon, et, fièrement modeste, il répondit :

— Je m'appelle Veloceman.

La physionomie d'Olga resta la même. Ce fut à Veloceman de s'étonner.

— Vous n'allez donc jamais au Vélodrome ? Vous ne lisez donc jamais un compte-rendu des courses ?

— Jamais, dit-elle : je fais de la bicyclette pour mon agrément.

— Je suis, reprit Veloceman, le champion européen sur les courtes distances, ce qu'on appelle un *sprinter*.

Pour Olga, c'était de l'hébreu.

— Est-ce que cela vous rapporte beaucoup? dit-elle.

— Bon an, mal an, vingt mille francs.

— Ce n'est pas mal. Mais, moi, je gagne cela par mois, sans risquer de me rompre le cou.

— Oh! c'est différent. Je ne crains aucun coureur de vitesse; mais je n'entends point rivaliser avec une jolie femme comme vous.

Elle sourit et, avec bienveillance :

— Alors ces courses ont lieu...

— Tous les dimanches. Permettez-moi, madame, de vous envoyer une loge, pour la prochaine course où je figurerai.

— Volontiers, je vous remercie.

Ils continuèrent à pédaler ensemble.

Veloceman trouvait très désirable sa compagne et, de son côté, l'actrice aimait assez la silhouette du champion. Il avait un profil de médaille romaine, le nez droit, le menton brutal. Ses proportions physiques surtout étaient admirables. On sentait vibrer en lui tous les muscles. C'était un joli athlète.

— Il doit être mieux encore en maillot, songeait Olga, car elle imaginait bien que les coureurs simplifiaient le plus possible leur costume.

Sans déplaisir, elle se laissa aider à descendre, pour une halte qu'il proposa. Leurs machines accotées au fût d'un arbre, ils bavardèrent longuément : il parla de ses triomphes sur les pistes européennes, de ses intentions de se mesurer, par delà les mers, avec les plus redoutables *sprinters*.

Elle lui conta, elle, sa vie d'oisiveté luxueuse, ses succès comme femme et comme artiste.

— Moi aussi, dit-elle, je puis vous offrir une loge : je vous la donnerai, dimanche, après les courses.

Le champion était ravi. Posséder une actrice, c'était le rêve. Il était maçon, dans son pays, avait fait d'abord du sport pour son plaisir, s'y était découvert des aptitudes merveilleuses et, venu à Paris, en trois mois, avait connu la gloire. Amant d'une artiste, il serait tout à fait un monsieur. Et il espéra.

Ayant quitté la belle Olga sur une promesse formelle, il attendit le dimanche suivant avec une impatience extraordinaire. Le Vélodrome était bondé ce jour-là. On avait handicapé tous les coureurs contre l'invincible Véloceman. S'il sortait victorieux d'une telle épreuve, son triomphe serait incomparable; mais c'était pour elle surtout qu'il désirait, qu'il voulait la victoire, pour elle, pour elle, si jolie dans sa robe de satin rose et sous son chapeau noir faisant valoir ses blonds cheveux.

Il était ému. Ce fut les yeux sur elle qu'il se mit en selle, le cœur oppressé délicieusement. Au coup de pistolet, il démarra brusquement, et, dans un effort magnifique, rattrapa les concurrents de tête. Maintenant il était sûr de la course. Aussi, au dernier virage, sous les loges, adressa-t-il à son invitée un clair sourire de joie : cette distraction lui fut fatale. Le coureur qui le devançait ayant ralenti, Véloceman heurta, avec sa roue directrice, la roue motrice de l'autre.

La chute fut rapide et désastreuse. Le champion, jeté sur la pente, s'étala, bras et jambes étendus, à plat ventre. Tel un batracien écrasé. Le magnifique et très collant maillot qu'il avait arboré pour ce grand jour éclata comme un simple pneu. Les f...ormes de Velocéman apparurent, tous voiles ôtés.

Après un premier cri d'effroi, il y eut un formidable éclat de rire, ce pendant que le pauvre garçon glissait jusqu'au bas de la piste, toujours à plat ventre. La belle Olga riait plus haut que les autres. Elle riait encore, longtemps après que le champion se fût relevé, sans aucun mal, d'ailleurs.

Elle fut bonne fille, tout à fait ; et, comme un peu honteux, elle l'apercevait, à la sortie, la guettant, sans oser s'avancer, elle lui tendit au passage le coupon de loge promis en disant gentiment :

— A ce soir au théâtre, M. Veloceman, mais je ne prends pas l'engagement de vous en montrer autant.

DERNIÈRES PROUESSES

C'était l'autre jour, au château. On nous servit un premier déjeuner arrosé d'un petit vin blanc qui a un goût de terroir fort agréable.

— Buvez-en, pour vous donner des jambes, nous dit notre hôte; mais que ceux-là qui n'ont pas la tête solide se défient. Avec un verre de trop, plus moyen de mettre le bout droit sur la pièce et c'est la bredouille.

Ces bonnes paroles n'empêchèrent aucun de nous de vider son verre. Je songeai alors à examiner mes compagnons de chasse.

Il y en avait pour tous les goûts! Officiers d'armes diverses, cultivateurs, hommes politiques, fonctionnaires et notaires. Mon voi-

sin, un familier de la maison, qui était quelque peu mon ami, me désigna chacun d'eux
par son nom et me dénonça sa profession.

— Et celui-ci, lui dis-je, au moment où se
levait un vieillard à moustache noire, svelte
et cambré, avec un air de jeune chasseur à
ses débuts.

— Oh! celui-ci, c'est un type. Si vous ha-
bitiez Paris, vous le connaîtriez. Il est même
probable que vous avez lu son nom dans les
journaux. C'est le baron Honoré de Cuissart,
que, sur le boulevard et dans les clubs chic,
on tient pour un de ces gentilshommes de
forte race sur lesquels le nombre des années
n'a aucune prise. On le voit tous les matins
au Bois, où il monte à cheval comme un cen-
taure, si j'ose m'exprimer ainsi, en parlant
d'un homme ultra-moderne. La bicyclette
elle-même ne lui est pas étrangère. Il la che-
vauche en des costumes d'une fantaisie gé-
niale. C'est aussi, comme vous voyez, un disciple, et très fervent de Nemrod. On se le
dispute en Sologne, où son éternelle jeunesse
fait l'admiration de tous les châtelains de cet
extraordinaire pays de chasse.

C'est aussi en ces occasions qu'il s'applique à faire éclater, triompher la prodigieuse ardeur de son tempérament.

Guêtré et sanglé dès l'aube, il piaffe sur le perron avant tout le monde et va visiter les chiens au chenil. Il en résulte des aboiements frénétiques qui mettent bientôt toute la maison sur pied. Chacun se dit :

— C'est encore cet infatigable baron : il est enragé ce gaillard-là.

Les choses du moins ont marché ainsi jusqu'à la cinquante-cinquième année de ce jeune vieillard ; mais depuis deux ans — il m'a dit cela confidentiellement — rien ne va plus.

Rien ne va plus et c'est très désagréable, car, de même que les jeunes premiers doivent être toujours jeunes, Honoré de Cuissart n'a pas le droit de vieillir. Il l'a bien compris ainsi ; alors il lutte, il dissimule, il ruse. Il monte des rosses qui vous ont un air de vouloir tout casser et tiennent à peine sur leurs jambes. Elles ne se cabrent que sous l'éperon. Leur galop, apparemment désordonné, cesse au tournant de l'allée, à l'abri des regards curieux.

Le baron a abandonné la bicyclette pour le tricycle, sous prétexte que tout le monde monte maintenant la *bécane*. A la vérité, c'est qu'il préfère, à l'allure rapide de l'une, le train-train modéré de l'autre, qu'on n'a pas besoin de maintenir en équilibre.

La chasse ne le préoccupe pas moins, surtout quand elle n'a pas lieu en battue. Il en est quitte pour accepter d'être le pivot de l'aile marchante. Son expérience du terrain rend ce choix tout naturel. Ses yeux ont faibli, partant son adresse ; mais nul ne s'en aperçoit. Il double le coup de son voisin : la pièce tombe, il ne la revendique pas, il assure au contraire n'être pour rien dans le meurtre.

Ce désintéressement ne se dément point. Avec tous, il agit de même, si bien, que, pour n'être pas en reste de galanterie, les autres chasseurs lui attribuent un certain nombre de leurs victimes, en lui maintenant une réputation de compagnon charmant.

— Mais en amour ? direz-vous.

La matière est délicate. Les femmes sont parfois indiscrètes. Il le sait bien. Il a donc

pris le parti de n'avoir ni maîtresse attitrée,
ni maîtresse connue.

On le rencontre en compagnie de charmantes filles ; mais une fois seulement avec
chacune d'elles. C'est à peine si ensuite on
les pourrait reconnaître. Il les renvoie sans
doute dans les faubourgs d'où il les a tirées
pour un jour.

Sa fortune, très considérable, lui permet
des folies.

Enfin, il abuse si bien son monde qu'on
me disait l'autre jour :

— Il en est inconvenant : quand il n'a pas
de femmes sous la main, il prend les bonnes.

L'ami qui me parlait si dédaigneusement
des servantes est le propriétaire d'un donjon
merveilleux, en Picardie, le comte de Beaulieu.

De Cuissart vient d'y passer huit jours de
chasse et, dans son désir de paraître toujours
vert, il a scandalisé la maîtresse de la maison.

Ce n'était pourtant que de la frime. Le
baron — toujours sous le sceau du secret —
m'a conté la chose, et le comte de Beaulieu
me l'a confirmée.

De Cuissart avait remarqué, dès son arrivée
au château de l'Ailette, une femme de
chambre superbe.

Elle avait un air aussi désagréable qu'elle
était belle.

— Voilà mon affaire, se dit de Cuissart ;
elle résistera, elle fera peut-être du scandale ;
ce sera très bien !

En effet, pour mener de front l'amour et la
chasse, il faut être, dit-on un chaud lapin.

Il se mit donc à pincer Louisette dans les
escaliers sans nul souci d'être surpris.

Le château ne tarda pas à en faire des
gorges chaudes. La châtelaine mit son mari
au courant de ce qui se passait.

Celui-ci s'en amusa :

— Cuissart est toujours jeune, ma bonne
amie, que veux-tu que j'y fasse ?

— Dis-lui de se cacher davantage. Que
diable ! à son âge, on peut se contenir !

— Les autres oui, le baron, non pas.

— Puis Louisette est une honnête fille ;
glisse à l'oreille de ton ami qu'il perd son
temps.

— Tu crois ?

La plus ennuyée était Louisette. Elle trouvait le baron inutilement compromettant.

Aussi, dans la soirée, comme il lui prenait le buste d'un geste fort câlin, elle lui envoya une gifle qui retentit jusqu'au fond du corridor.

En même temps, elle se penchait un peu, disant :

— Si M. le baron désire me parler, voici la clef de ma chambre.

Mais, ce fut la clef des champs que le baron de Cuissart se contenta de prendre, le soir même.

UN MARIAGE

— Et moi, déclara Stainville, avec son flegme gavroche, je parie de me marier comme on ne l'a jamais fait.

Bien qu'ils le tinssent pour un original, ses amis trouvèrent la prétention un peu raide : Stainville voulait les mystifier.

— Elle est bien bonne, seulement ça ne prend pas, répondit le petit Clairin, que la blague de Stainville horripilait. On sait que vous êtes un joyeux fumiste ; mais quand il s'agit d'un acte de cette gravité, vous ferez comme les autres, c'est-à-dire pour le mieux.

Ces paroles d'une prud'hommesque sagesse attirèrent sur leur auteur maints quolibets. Ce pauvre Clairin avait vingt-quatre ans et venait

de divorcer. Il avait cependant épousé une
amie d'enfance, religieusement élevée en province, une jeune fille à principes. Il ne s'était
donc pas marié à la légère. Un ténor, en en-
levant sa femme, devait lui avoir démontré
l'inanité des précautions et le mensonge des
garanties en pareille matière. Il n'en était rien
— son cas était exceptionnel. Il persistait à
conseiller une prudence éclairée dans le choix
de l'épouse.

Il tenta d'en convaincre Stainville ; mais
celui ci répliqua fortement avec un hausse-
ment d'épaules :

— Taisez-vous donc. Il faut laisser faire le
hasard. La chose est grave, dites-vous ! Et de
naître, et de mourir, n'est-ce pas grave aussi ?
Est-ce qu'on vous consulte à cet effet ? Non ;
eh bien ! moi, je veux me marier comme je
suis né et comme je mourrai, les yeux fermés.
L'un de vous a-t-il une vierge disponible ? Je
l'épouse, si elle veut de moi, dans six semaines, sans la voir, sans l'avoir vue, avant
de comparaître avec elle devant M. le maire.

— J'en connais une qui ferait ton affaire,
dit Dabat.

— Très bien, pas un mot de plus, mon cher ami, j'épouse, fit Stainville, en se renversant sur le sofa, avec un jet de la fumée de son cigare vers le plafond.

— C'est de la folie ! s'écria Clairin.

— Nous verrons, monsieur, riposta Stainville, si ma folie n'a pas la main plus heureuse que votre sagesse !

Et se tournant vers Dabat :

— Mon cher ami, je mets à ta disposition mes photographies, mes portraits à l'huile et au crayon, ma personne même, s'il est nécessaire qu'on me voie ; mais je tiens absolument, tu entends bien, à ce qu'*elle* ne me soit pas présentée, à ne *la* voir ni de près ni de loin. Tu expliqueras cela comme tu voudras, par la superstition, le raisonnement ou l'aberration ; mais je veux entrer à la mairie sans soupçonner le physique de ma femme. La condition est *sine qua non*.

Dabat sourit en répondant :

— Ça ne me paraît pas tout de même très commode à arranger, cette union-là : mais j'essayerai.

Les amis de Stainville laissèrent celui-ci

entre deux et trois heures du matin à la joie
de les avoir épatés une fois de plus. Il allait
donc faire une fin en terminant sur une excen-
tricité qui dépassait toutes les autres. Il était
content et, tandis qu'il les suivait de la pensée,
ses vieux camarades, déambulant vers leur
domicile respectif, il se frottait les mains
pour cette double raison d'avoir enfin pris le
parti de lâcher le célibat et de ne pas le lâcher
banalement.

A la vérité, il n'était, dans cette aventure,
ni aussi casse-cou, ni aussi aveugle qu'il le
prétendait et le voulait paraître. Quelques
heures avant, Dabat, en tête-à-tête, lui avait
parlé d'une jeune fille qui lui conviendrait.
Il avait dit son allure physique, vanté ses
qualité intellectuelles, dénoncé sa dot, laquelle était assez coquette. En somme, Stainville s'en rapportait à son intime ami, ni plus
ni moins. On n'est pas de plus mauvaise foi
que ce gaillard-là.

Néanmoins, ce mariage allait se conclure
dans des conditions assez extraordinaires.
Mlle Marguerite Dusolier était heureusement
orpheline et majeure, et Dabat un garçon fort

adroit. Il fit de son ami un éloge qui piqua la
curiosité de la jeune fille, il lui mit sous les
yeux tous les portraits qu'il en avait, la décida
à faire le premier pas. Vivant avec un tuteur
grincheux et d'une étroite sévérité, elle aspi-
rait à la liberté que le mariage semblait devoir
lui offrir, et cette liberté aux côtés d'un joli
garçon comme l'était Stainville, au dire de
tous les spécimens de sa physionomie à des
âges différents, lui apparaissait d'autant plus
désirable.

Il ne fut pas précisément facile à expliquer
que ce monsieur à qui elle commençait de
rêver était également impatient de lui offrir
sa main, mais ne l'était pas du tout de la
contempler. Dabat s'en tira par un mensonge
invraisemblable, qui valait bien un silence
absurde.

Son ami Stainville, à ce qu'il assura, la connaissait fort bien. Si, lui, Dabat, était venu
parler à Mlle Dusolier de cet ami, c'était à son
instigation. Il avait, en la voyant passer un
jour, reçu le coup de foudre, l'avait suivie,
avait interrogé le concierge, appris qu'on
connaissait dans la maison l'ami Dabat, était

tout de suite accouru pour lui faire ses confidences, etc... Mais, pour des raisons supérieures, il ne fallait pas qu'elle et lui fussent
présentés l'un à l'autre avant le jour, avant
l'heure même du mariage à la mairie, que
suivrait immédiatement la cérémonie reli-
gieuse.

Mlle Marguerite Dusolier, de qui tout ce
mystère enflammait l'imagination romanesque, s'inclina, ne pouvant faire autrement, devant ces raisons aussi énigmatiques
que supérieures. Il lui en coûta du reste une
foule d'ennuis incalculables. Elle dut se dé-
rober à maintes questions, entasser les mensonges sur les mensonges, condamner sa porte,
mécontenter ses amies. Si elle avait dit la
vérité, c'eût été encore une bien autre affaire !
Le seul parti raisonnable à prendre était de
renoncer à un projet soumis à une si bizarre
condition ; mais ce parti était le seul qu'elle
ne voulût pas prendre, attendu que, quand
une fille a envie de se marier avec un joli
garçon, ce qu'on fait pour l'en dissuader la
rend d'autant plus enragée.

C'était l'avis des bons poètes d'autrefois,

c'est aussi le nôtre. Cependant, cette affaire
donna tant de tintouin au bon Dabat que, si
bon qu'il fût, il résolut de tirer quelque vengeance de la singulière exigence de son ami.
Il s'entendit avec quelques autres et grâce à
leur concours, il organisa, dans une pièce
contiguë à celle où devait se célébrer le mariage de Stainville, et un peu avant l'heure
fixée, un faux cérémonial dudit mariage, avec
de faux parents, un faux public, un faux maire
et une mariée qui n'était pas la vraie.

Il la choisit laide à plaisir, abominablement
laide et mal bâtie. Quelqu'un fut dépêché vers
Stainville pour lui annoncer que l'heure avait
été avancée par ordre du maire, au dernier
moment. Il vint en hâte et d'assez mauvaise
humeur. Il avait dû précipiter sa toilette. La
tête qu'il fit en présence de sa pseudo-future
femme paya Dabat de toutes ses peines et ré-
jouit les amis pour le reste de leurs jours. Cependant, le maire attendait, debout, impatient, sur l'estrade. On poussa de ce côté Stainville ahuri, pas assez toutefois pour ne pas se
ressaisir et prononcer à la question du maire :
« Consentez-vous...? » un « non » cassant,

fluidique et moqueur. Il venait de s'apercevoir qu'on le mystifiait. Il venait même de reconnaître un de ses amis en la tête du maire qui tentait de le ramener à des sentiments meilleurs. Cela finit par un vaste éclat de rire. On fit disparaître tous les faux témoins de cette comédie, y compris la mariée.

Quand il fut en face de la vraie, qui n'était pas jolie, mais pire, il confessa qu'il avait eu une vraie frousse.

— Eh ! quoi ? monsieur, vous ne m'aviez donc jamais vue, s'écria la pauvre enfant, prête à pleurer.

— Jamais, mademoiselle.

Et il ajouta, avec un accent de sincérité tel qu'elle ne songea plus qu'à pardonner :

— Vraiment, je le regrette : je me serais évité une rude alerte !

— Alors, maintenant... fit-elle.

— Maintenant, je suis rassuré.

Le fait est qu'on ne peut pas imaginer de ménage où les époux soient mieux assortis.

LE JEU DE MASSACRE

— Avant-hier, nous conta Gruau, l'ami Chanteloup vint me prendre, vers 9 heures du soir, pour m'emmener à la fête de Neuilly.

J'hésitai à le suivre. Tant de poussière et d'orgue de barbarie, le même soir !

Mais il insista :

— Viens donc, seuls, en garçon, tandis que ta femme est aux eaux et ma maîtresse dans sa famille, nous allons nous payer toutes les voluptés ; le mollet de la femme à barbe et les montagnes russes, le jeu de massacre et le musée des refroidis, etc.

— C'est vrai, nous ne serons jamais si jeunes, allons !

— Et, si le bon dieu hasard met sur notre
route deux âmes seules, nous leur offrirons
le bras.

— Et des rafraîchissements.

Nous partîmes. Après avoir défilé pendant
un kilomètre devant une rangée de baraques
étincelantes, après avoir mis en mouvement
pas mal de tourniquets où à tous les coups on
perd, entendu les prolixes boniments, admiré
d'opulentes caissières, toute chair dehors,
escaladé des chevaux de bois, ainsi nommés
parce que l'on peut y chevaucher toutes les
bêtes de la création, excepté la plus belle conquête que l'homme riche ait jamais faite ;
bref, après avoir gagné pas mal de mirlitons,
de macarons, de maux de cœur et de maux
de tête, nous hésitions, arrivés aux limites de
la foire, à ces confins où Neuilly commence à
s'appeler Courbevoie, entre Pezon et les lut-
teurs aux torses herculéens, aux bras gros
comme des cuisses, aux cuisses grosses comme
des jambes d'éléphants et aux ventres pareils
à des ballons, quand Chanteloup, toujours en
chasse, flaira le bon gibier sous les espèces
de deux donzelles, mises comme de co-

quettes ouvrières et presque plus maquillées
que des cocottes.

— Des demi-grisettes, me dit-il, avec un
coup de coude, voilà notre affaire.

Elles étaient brunes, grandes, avaient l'œil
plein de feu, la bouche saignante de fard.
Les hanches avaient un rebondissement de
croupe chevaline. J'emboîtai le pas.

— Allons-y, fis-je résolument.

Chanteloup fixa sur les proies convoitées
ses yeux d'épervier amoureux où affamé.

Elles étaient en arrêt devant une de ces magnifiques boutiques constellées de faïences
multicolores et de verroteries d'un effet
éblouissant. Ces choses admirables étaient
mises en loterie.

Vingt numéros pour dix centimes, mesdames et messieurs !

Et le barnum faisait claquer l'une contre
l'autre ses tablettes.

— Qui veut le numéro gagnant?

Je tendis la main, raflai toutes les tablettes et je les offris aux jeunes personnes,
que cette munificence ne parut nullement
éblouir.

Elles acceptèrent néanmoins, tandis que le marchand continuait à distribuer ses numéros. Quand il n'y en avait plus, il y en avait encore, et c'étaient les meilleurs, ceux de derrière les fagots.

Les roues tournèrent; mais la fortune aveugle alla favoriser un monsieur dans la foule.

Le marchand cria aussitôt :

— Qui conserve ses numéros est sûr de gagner!

Nous les conservâmes cette fois et une autre fois encore... jusqu'à ce qu'enfin nos amies consentissent à abandonner la partie. Ce qu'elles firent en restituant leurs tablettes avec un royal dépit. Nous avions perdu là un bon quart d'heure ; du moins la connaissance était faite.

Nous fûmes admis à favoriser à ces demoiselles l'accès des boutiques les plus selected. Nous vîmes le géant Gog et la femme-torpille, nous traversâmes l'Amérique. Les montagnes franco-russes soulevèrent notre enthousiasme, en nous secouant d'importance.

Quand ces réjouissances furent épuisées,

nos belles inconnues ne dissimulèrent pas
leur désir d'une séparation immédiate.

Chanteloup voulut avoir des explications.
Le pauvre garçon s'était échauffé. Il s'évertua
à savoir par quelle inadvertance nous avions
pu déplaire.

La plus grande qui était aussi la plus
brune, lui confia alors qu'elle craignait, pour
sa sœur et pour elle, la fâcheuse rencontre de
quelque parent, de leur frère, d'un ami de ce
frère ou d'un ami d'un des amis de leur
frère.

Chanteloup insista ; mais je me montrai
plus respectueux de tels scrupules, si tardifs
qu'ils dussent paraître. Moins emballé, je sus
me montrer plus fier.

— Laissons ces dames, mon ami.

Comme elles voyaient d'ailleurs que la séparation traînait, elles tournèrent d'elles-
mêmes les talons, pour se jeter illico dans les
bras de deux jeunes gommeux.

Chanteloup était furieux, parlait de leur
monter un bateau, de les suivre pendant toute
la soirée.

Je proposai alors une autre diversion ; frap-

per sur la tête d'un turc ou se livrer aux dou-
ceur du jeu de massacre.

Cette dernière idée prévalut. Il y avait justement, à quelques pas, un de ces jeux que
la civilisation « fin de siècle » a perfec-
tionnés. La cible est vivante. Sous les mufles
grotesques, les groins énormes, les museaux
extraordinaires en carton-pâte exposés aux
balles du monsieur qui s'amuse, il y a de
vraies têtes d'homme, épiant le geste et cher-
chant à lire dans le regard, pour disparaître
opportunément, éviter le projectile.

Le danger sans doute est nul, le masque de
carton résiste ; mais, pour le spectateur, l'il-
lusion existe. Le joueur frappe, brutal et rageur, et la galerie s'esclaffe, féroce. L'huma-
nité est si douce !

Nous ouvrîmes le feu.

Soudain, il y eut un froufrou de soie derrière nous. Une jeune femme apparut, vêtue
d'une robe rose très pâle et coiffée d'un immense chapeau, sous lequel riait son fin
visage d'oiseau.

Chanteloup se retourna.

— Pristi ! la jolie blonde ! murmura-t-il.

Elle le regarda avec des yeux caressants, des yeux qui parlaient.

Familière, posant sur son bras sa main gantée irréprochablement de peau de Suède blonde comme étaient blonds ses cheveux.

— Cette tête de porc, dit-elle, là, à droite, frappez tant que vous pourrez, vous et votre ami, vous me ferez plaisir.

— Comment donc !

— Entendez-vous pour cela, ce sera plus commode.

La tête de porc devint notre but unique. Les balles pleuvaient autour d'elle. Autour d'elle et sur elle. Chanteloup, comme l'avait, sans doute, remarqué l'inconnue, avait la main sûre et le coup d'œil rapide. La tête de porc était obligée de se tenir coite ou de s'exposer à un atout.

La galerie criait :

— T'as peur. Sors donc ton museau, Eh ! feignant !

Elle avait sans doute son amour-propre, la tête de cochon. Excitée, rendue téméraire par les quolibets, elle s'aventurait, s'érigeant, provocatrice, avec des grognements imper-

tinents. Les balles aussitôt de siffler, de ra-
baisser cette audace, d'assaillir ce groin.

L'une d'elles l'effleurait-elle? La petite
blonde trépignait. Si elle rebondissait sur le
masque, la petite blonde battait des mains en
criant bravo!

Et, comme, deux fois de suite, le projectile
avait frappé en plein visage et que la face de
carton réapparaissait, la joue ganche bala-
frée, ce fut du délire.

L'heureux Chanteloup eut aussitôt à son
cou les deux bras de son admiratrice.

Ils s'embrassèrent et le peuple applaudit.

Du coup la tête de porc sauta d'elle-même
au plafond et nous vîmes une trogne de voyou,
au menton violent, aux yeux pleins de fureur
injectés de sang!

Par-dessus la barrière, un poing jaillit, gros
de menaces.

La poupée blonde recula, nous emmenant
tous deux. Elle jeta un dernier éclat de rire
par-dessus l'épaule, en s'éloignant. Ce fut
tout.

Chanteloup, dont elle avait pris le bras,
sentit qu'elle tremblait. Nous allâmes au ca-

baret. Là, s'accrut encore son goût pour notre
amie, elle s'assit sur ses genoux, but dans son
verre avec des pailles, l'admit à sucer avec
elle le même morceau de glace.

Il n'y avait plus qu'à prendre le chemin
d'une alcôve commune. Je parle bien entendu pour Chanteloup et sa conquête. Quand
à moi, je venais de les quitter, quand surgit
un individu à mine patibulaire qui, d'un
coup de poing, sépara Chanteloup de sa compagne, en criant :

— Tiens, espèce de mufle, v'là de la part de
la tête de cochon : ça t'apprendra à coucher
avec ma femme !

Et, tandis que Chanteloup ripostait, que
j'arrivais à la rescousse, la petite blonde sautait dans un fiacre.

Nous restâmes maîtres du terrain, non sans
avoir reçu quelques horions.

Sur les lèvres rouges de la femme d'un pâle
voyou, l'ami Chanteloup avait goûté le miel
du désir ; mais la coupe était loin.

Quant à moi je n'avais rien goûté et j'avais
un œil poché.

On nous y prendra encore, d'aller à la fête

de Neuilly pour avoir une bonne fortune, et d'en revenir éclopés et solitaires, après avoir semé l'or comme deux Nababs.

Et Gruau conclut rageusement :

— Oh ! les femmes ! Si on les rangeait pour un jeu de massacre, c'est là-dessus qu'on aimerait à se faire la main.

LE PETIT MODÈLE

Le peintre Max Jarry a dépassé la quarantaine sans arriver ni à la célébrité ni à la décoration. Il a plus de talent que certains membres du jury des deux salons. Quant à ceux de ses confrères qui trônent à l'Institut, chargés de gloire et d'honneurs, ils seraient fort en peine de peindre comme lui un morceau de nu où de brosser un portrait avec autant de maestria.

Malheureusement, il n'a rien, à proprement parler, du virtuose et de l'arriviste. C'est une âme simple et timide. L'intrigue lui est étrangère et il a de la naïveté à revendre. Les marchands de tableaux le pillent. Les amateurs l'exploitent. Il ignore le chemin du Ministère des Beaux-Arts.

Il est très possible qu'il meure un jour sur la paille. Cette crainte le hante, mais ne triomphe pas toujours de sa gaieté naturelle. A travers ses soucis et ses dettes, il montre de la belle humeur.

Un gentil minois, le galbe d'un joli torse de femme, l'agitent d'un frisson joyeux. Il a été amoureux de quelques-uns de ses modèles, amoureux platonique d'ailleurs, gardant son secret.

De lui-même, il n'a pris aucune de ces créatures légères qui passent dans les ateliers comme des papillons, vite défraîchies entre tant de mains. Il a fallu qu'elles allassent à lui, devinant que cela lui ferait plaisir, quand ça leur coûtait si peu.

Et, soudain, il s'était amouraché de l'une d'elles violemment, et de façon si impérieuse qu'il avait osé le lui dire. Et celle-là, par un fâcheux hasard était honnête. Anne-Marie aimait son amant, un employé de commerce nommé Alexis. Elle avait quitté sa famille pour lui et, comme elle ne connaissait nul métier et qu'il n'était pas riche, elle posait.

Elle posait pour le nu, mais jusqu'à la ceinture seulement. Et encore Alexis ne la laissait-il venir chez Max Jarry qu'à cause de l'air réservé du peintre et de la neige prématurée de ses cheveux. Chez les autres, elle ne *posait* que la tête.

Anne-Marie rit comme une petite folle le jour où, jetant son pinceau, Max s'agenouilla et lui parla d'amour.

— Je vous aime bien, monsieur Max, mais je ne ferai pas ça avec vous, à cause d'Alexis.

— Vous l'aimez, lui?

— C'est vrai.

— Il n'en saurait rien.

— N'importe, ce ne serait pas bien.

Max Jarry essaya de se raisonner. Il lutta. Mais comment lutter sérieusement? Il était obligé de jouer avec le feu. Il faisait de son petit modèle des études charmantes. Jamais sa main n'avait eu plus de verve, sa palette autant d'éclat.

Le jeune buste d'Anne-Marie triomphait de sa sagesse; soit que les seins hauts, les reins cambrés, il s'élançât, comme celui d'une

Diane orgueilleuse et chaste, soit que, les mains croisées sur sa gorge tremblante, elle apparût, cette enfant, comme une vierge surprise et troublée, qui cherche en vain à voiler sa nudité, soit enfin que, la tête inclinée sur un bras, la chemise dégrafée, elle semblât s'offrir, tentatrice, aux baisers d'un amant.

Par instants, Max, enivré, éperdu, allait tremper son front brûlant dans un peu d'eau.

Bientôt pourtant brilla une lueur d'espoir. Max comprit que son heureux rival avait besoin d'argent et que, pour le tirer d'embarras, Anne-Marie consentirait à des sacrifices exceptionnels.

Elle lui laissa entendre, toutefois, qu'elle se donnerait à tout autre qu'à lui. Cela parce qu'elle l'avait pris en amitié et qu'il connaissait Jarry, lequel l'affectionnait aussi.

Une telle déclaration eût plongé le peintre dans le désespoir si un ami, confident de son amour, ne lui eût relevé le moral en le décidant à l'action.

Le petit modèle fut invité à déjeuner. L'ami de Max était de la petite fête, partant, point de surprise possible. Confiante, Anne-Marie but tout ce qu'on lui versa, écouta tous les propos libertins des deux convives. Ce fut très gai. Son hilarité extraordinaire forçait le rire par contagion. Elle desséchait aussi les gosiers.

Au dessert, tous trois, la jeune fille surtout, se sentaient à la fois exaltés et tendres. Max réussit à prendre quelques baisers sans engager la lutte. Anne-Marie consentit même à s'asseoir sur ses genoux, mais, très lucide, elle dit, le tutoyant inopinément :

— Je veux bien, mais pas de bêtises, tu sais, ou je me fâche.

L'ami pensait : « Je ferais bien de m'en aller tout de même. » Cependant on buvait toujours et l'on était de plus en plus gai.

Soudain, on frappe à la porte. Anne-Marie saute des genoux du peintre et, les joues brûlantes, les yeux comme des escarboucles, la gorge nue, va ouvrir.

Deux dames se présentent, élégantes, très parisiennes.

— Le peintre Max Jarry?

— C'est ici, mesdames, entrez, je vous prie, il est là.

Et elle appelle :

— Max !

Lui s'élance, se confond en salamalecs.

— Vous désirez, mesdames?

— Nous sommes venues pour un portrait.

Mais elles ont coulé, sur la table non desservie et désordonnée, sur la jolie fille peu vêtue, un regard offusqué.

— C'est une orgie, ici, semblent-elles penser. Cet artiste est un affreux bohème qui, tou les jours, s'enivre avec des filles.

L'une d'elles répète :

— Nous étions venues... mais nous vous dérangeons, monsieur, nous reviendrons.

Max tente vainement de les retenir, de leu faire dire de quelle part elles viennent, elle s'obstinent à répéter :

— Nous reviendrons un autre jour.

Et elles s'éloignent avec un grand froufrou de soie, et elles sont loin déjà. Reviendront elles ?

L'ami, lui aussi, s'en est allé pour qu'il ait une compensation, si possible, à ce désastre. Les bonnes occasions de portrait sont rares. Celle-ci a tout l'air d'être ratée.

Anne-Marie, dégrisée, est devenue sérieuse. Elle est navrée et elle se fait tendre.

Elle s'approche du peintre, assis, avec une mine déconfite, se hisse sur ses genoux, lui met au cou ses bras fermes et blancs, offre à sa bouche sa bouche de corail et tout son corps jeune et frémissant, en disant :

— Je suis à vous, mon ami, prenez-moi, pour vous consoler !

LIT A PART

Nommé receveur de l'enregistrement à Soissons, André Cascarut eut pour premier souci la recherche d'une chambre convenable, munie d'un cabinet de toilette, ce qui est fort rare, comme chacun sait, en province. Sa seconde préoccupation fut le choix d'une femme, encore que je n'oserais jurer que ceci ne passa point avant cela.

Ce véridique morceau de sa biographie, que je prends la liberté de vous servir tout vif, tendrait précisément à démontrer que Cascarut mit plus d'empressement à se loger dans le cœur de quelque jolie personne de l'autre sexe qu'à trouver une maison digne

d'abriter le nouveau fonctionnaire dont Soissons n'allait pas tarder à entendre parler.

Comme il flânait, le nez en l'air, guignant
les écriteaux, à travers les rues à peu près
désertes, il aperçut, à la fenêtre d'un premier
étage, un minois très agréable.

Cascarut en avait vu des visages de femmes,
dans sa vie, et caressé et baisé! C'était un
voluptueux. Mais, telle est la variété de la
beauté féminine que pas un, autant qu'il s'en
souvînt, ne ressemblait à celui-ci; telle est
aussi l'heureuse faculté que nous avons
d'énergie nouvelle, quand s'offre à nous une
nouvelle occasion ou un nouvel espoir de vo-
lupté, que Cascarut sentit son âme s'exalter
dans un enthousiasme infini pour cette créature inconnue et séduisante.

Il passa, se proposant d'aller jusqu'au coin
de la rue, puis de revenir, de s'adresser au
propriétaire de l'immeuble où logeait l'incomparable provinciale et de louer la chambre annoncée par l'écriteau, dût-elle n'avoir
pas le moindre cabinet de toilette. Un indi-
gène lui mit la main sur l'épaule. Il sursauta.
Le crime d'adultère moral qu'il avait déjà

sur la conscience le rendait très nerveux.

Il reconnut son ami Loriot.

— Diable ! fit celui-ci, on voit que tu arrives de la capitale : quelle nervosité ! Mais que fais-tu dans ce pays ?

— Et toi-même ? fit Cascarut.

— Moi, mon vieux, j'y fais mourir pas mal de gens.

— Inutile de me donner des détails, fit Cascarut : c'est au docteur Loriot, exerçant à Soissons, que j'ai l'honneur de parler. Voilà donc la profession que tu as choisie entre toutes, misérable !

— On fait ce qu'on peut. Et toi ?

Cascarut mit en quelques mots son camarade de collège au courant de sa situation sociale et ajouta :

— Pour l'instant donc, je cherche un nid ; je dis un nid, parce que je n'ai pas l'intention de me faire ermite.

— Je me rappelle que tu avais d'excellentes dispositions. Et as-tu trouvé quelque chose ?

— J'ai déjà jeté un œil de convoitise sur certaine maison sise à cent pas d'ici et qui m'a paru exposée au midi, c'est-à-dire selon mes goûts.

Il la désigna du doigt, en continuant :

— Si je n'avais aperçu, accoudée à l'une des fenêtres, une suave personne dont le regard m'a intimidé positivement, je ne saurais sans doute où coucher ce soir, si ce n'est à l'hôtel.

— Je vois cela d'ici, répondit Loriot, mais je ne saurais trop te détourner d'élire domicile en cette boîte.

— Et pourquoi ?

— D'abord la chambre est petite.

— On en fait plus vite le tour.

— Sa fenêtre, unique, ouvre au nord.

— Mais la maison est exposée au midi : ça me suffit.

— Pas le moindre coin où tripoter, se laver la figure et le reste.

— Les cabinets de toilette sont bons pour les petites dames.

— Le propriétaire est grincheux, mauvais coucheur et capable de t'augmenter, dès que tu seras installé.

— Est-ce le mari de la brune aux yeux bleus que j'ai aperçue ?

— C'est lui-même.

— Pour me rapprocher de cette femme-là, mon ami, rien ne me coûtera.

— C'est la plus honnête épouse de Soissons.

— Voilà donc tout à fait mon affaire.

— Fat! Tu y perdras ton latin.

— Tu oublies de dire ce que j'y gagnerai. Quand on veut bien une chose, mon vieux, fût-ce en amour, en amour surtout, on finit toujours par l'obtenir; je ne dis pas qu'il n'y a pas de femmes... invulnérables.

— A preuve Lucrèce.

— Brillante exception, mais exception, et si loin de nous!

— Je vois que tu es très résolu.

— Impitoyablement.

— Bon. J'ai eu d'abord un mouvement de jalousie, je l'avoue; mais foin de ce sentiment mesquin! Mme Caniol te plaît, tant mieux. Tu l'auras, il faut que tu l'aies. Moi aussi, je l'ai aimée. C'était avant son mariage. On l'a donnée à ce serin de Caniol qui était riche. J'ai laissé s'accomplir cet accouplement monstrueux du plus solide crétin qui soit

avec la plus délicieuse créature qu'on puisse
rêver. Mais j'ai juré de me venger. L'étroite
surveillance dont on entoure Angèle — tel est
son doux prénom — a rendu jusqu'ici mes
projets impossibles. Mais toi, toi mon bon,
mon cher Cascarut, tu seras l'instrument de
ma haine. On ne se méfie pas de toi : suis ton
idée. Loue la chambre. D'ailleurs elle est fort
convenable, je la calomniais tantôt. Aime,
fais-toi aimer, et Caniol sera cocu, et je serai
presque aussi heureux que s'il l'était par
moi-même.

— Au besoin, demanda Cascarut, ravi, je
puis compter sur toi ?

— Absolument. Et quittons-nous vite : il ne
faut pas qu'on nous voie ensemble.

Cascarut se précipita, tête baissée, dans la
maison Caniol. Il loua sans discussion à un
prix indignement surfait, et entra en jouis-
sance de suite.

Il faut ajouter, à la louange de ce vaillant
jeune homme, que sans perdre un jour, il
fit à Mme Caniol, à la brune et alliciante
Angèle, une cour aussi assidue que peu hypo-
crite.

Non seulement il lui laissa entendre, mais il sut lui déclarer catégoriquement : « Vous êtes la plus jolie femme que j'aie rencontrée, vous êtes même la plus superbe créature qui existe. Si on ne vous a jamais dit cela, c'est que les hommes sont pour la plupart stupides et sans goût. Moi, je sais apprécier tous vos charmes, je vous aime, je vous adore et, si vous me résistez, je ne vous assassinerai pas, comme le fit Antony, c'est moi que j'occirai avec les mains que voici, par désespoir. »

Ce langage convaincu eut le don d'attendrir la sensible Angèle. Elle n'eut pas un instant l'idiote velléité de répondre : « Mais je suis une honnête femme, monsieur ! »

Touchée à la bonne place, elle laissa tomber des bras désolés, inclina sur sa poitrine un menton navré et, d'une voix à fendre l'âme, elle murmura :

— Mais comment faire ?

— Oui, comment faire ? répéta Cascarut ; votre mari ne vous quitte guère. La bonne vous espionne. Donnez-moi vingt-quatre heures pour réfléchir et je suis à vous, ou

plutôt vous serez à moi... je veux dire que
nous serons l'un à l'autre.

— J'attendrai bien jusque-là.

Cascarut alla conter sa peine à l'ami Loriot.

Celui-ci eut tout d'abord un regard torve,
auquel nous ne prêterons nulle attention,
puis, après quatre minutes et quinze secondes
deux cinquièmes de réflexion, il se dessina,
sur ses lèvres minces, un subtil sourire :

— J'ai trouvé, dit-il avec simplicité.

— Parle.

— Qu'Angèle se dise malade, très malade :
de souffrances dans le ventre, par exemple.
Comme je suis l'unique docteur de la localité,
je me charge du reste.

Ainsi fut fait. Caniol, inquiet des perpé-
tuels gémissements de sa femme, se résigna
à consulter Loriot, lequel prescrivit rigoureusement le sirop de « lit à part ».

Angèle parut se révolter très sincèrement
contre un traitement aussi barbare et finit
par céder. Cascarut fut avisé, le jour même,
et ne manqua point de descendre vers dix
heures du soir. Il trouva, comme de juste, la
porte entr'ouverte et sa jolie amie toute

seule, dans son lit de veuve *in partibus*.

Malheureusement, le douzième coup de minuit finissait à peine de sonner que l'indiscret mari faisait irruption dans la chambre des amoureux. Cascarut eut tout juste le temps de s'échapper en un costume très léger. Il y eut un scandale énorme. Mme Caniol fut déshonorée, Cascarut révoqué de ses fonctions de receveur et Caniol resta cocu.

Tout cela par la faute de Loriot qui, sans tarder, avait débiné le truc, pour se venger.

C'était un sale bougre tout de même!

TENDRESSE CONJUGALE

A peine eut-il ouvert la lettre de sa femme
que Déligant resta bouche bée. C'était bien son
écriture et sa signature pourtant ! Dès les pre-
mières lignes, il chercha à vérifier l'authenti-
cité de cette épître amoureuse et, au bas de la
première page, il s'arrêta, pour reprendre
haleine, calmer les battements de son cœur.

Il était depuis huit jours à Paris, où il faisait
ses achats de l'année. Ce voyage annuel, qui
lui permettait d'alimenter son magasin de
bonneterie, mercerie, confections et autres
marchandises, il l'ajournait, depuis trois mois.
La raison en était simple. Célibataire jadis, il
consacrait sans déplaisir une bonne semaine à
la capitale, où il savait mêler agréablement

les affaires aux plaisirs. D'autant plus que, à
Romilly, chef-lieu de canton de quatre mille
habitants, un bon commerçant, comme un
bon fonctionnaire, doit tenir éloignée de lui
toute intrigue.

Deligant s'était donc marié. Cet événement
datait de huit mois. Il n'avait pas encore eu
l'occasion de quitter sa Louise, pendant un
seul jour. Comment supporterait elle cette séparation ?...

Il y avait eu entre eux, au sujet de ce départ,
une légère dispute. Deligant voulait différer
encore ; mais elle lui avait démontré, avec
beaucoup de sagesse, que ses intérêts exigeaient
qu'il fît lui-même et sans autre ajournement,
ses achats, dans les maisons de gros. Puis,
quand cela avait été nettement décidé, au moment de prendre le chemin de la gare, elle
avait tenté de le retenir, contre toute raison.

Il n'avait pas cédé. En avait-elle été fâchée ?
Jusqu'ici, aucune lettre d'elle ne lui était par-
venue. Il était dans une anxiété cruelle. Cette
anxiété prenait fin. La lettre qu'il avait entre
les mains le payait de toutes ses peines.

Mme Déligant ne s'excusait pas de l'avoir

fait désirer et Deligant s'en étonnait : mais elle se montrait, en revanche, si douce, si caressante, si amoureuse, en un mot, qu'on ne songeait pas longtemps à ergoter.

L'époux, ravi, avant de continuer, reprit la lecture de la première page :

« Mon Poulot chéri,

« Depuis notre dernier baiser, je ne sais comment je vis. Je ne mange ni ne bois : je t'aime. Pas une minute, pas une seconde, je n'ai cessé de penser à toi, à nos étreintes, à nos serments. Ma bouche cherche la tienne, mes bras, dans mon lit de veuve, appellent ton corps.

« Comment oublier les divins instants que je te dois et où tu m'as révélé la passion ? Même séparée de toi, je frissonne toute encore, au souvenir de ces joies, et je les réclame. Il me serait doux de mourir sous tes caresses. Quelle fin plus belle pour une amante ?

« En tout cas, je t'aimerai toute ma vie.

« Je suis née pour toi, je le sens. Cela était écrit. Rien, nulle force au monde ne m'empê-

chera d'être ta petite femme chérie. Excuse-
moi, mon adoré, d'être si expansive en cette
lettre; mais je n'oserais te dire tout cela en
face. Tu m'intimides. »

Jusqu'ici, les choses allaient bien. Deligant
était certes loin de soupçonner en sa légitime
épouse une tendresse aussi exaltée. Sa froideur
l'avait même parfois un peu choqué. Il comptait sur le temps pour éveiller en ce joli petit
corps une ardeur plus vibrante. Ce n'était donc
pas sans surprise qu'il la voyait remuée soudainement par tant de sensualité. Était-il possible que huit jours de veuvage l'échauffassent
pareillement ?

Pour la seconde fois, il s'était arrêté, tout
songeur ; mais, quand, au verso de la page,
Louise évoqua la sévérité de ses yeux noirs,
quand, un peu plus bas, il fut question de
haute taille et de moustache au vent, Deligant,
dont les prunelles étaient d'azur, la taille très
moyenne et la lèvre rasée comme celle d'un
acteur, Deligant, en mari perspicace, estima
qu'il s'agissait d'un autre. La lettre s'était
trompée d'adresse. Sa femme le trompait.

Il eut le courage d'aller jusqu'au bout de cette épître infâme, d'en lire et d'en relire les phrases tendres et même impatientes de désirs mal contenus ; puis il décida de partir, toute affaire cessante, pour Romilly. Il allait faire retentir tout le bourg du bruit de sa colère. Près de la gare, il entra dans un bazar et acheta un revolver de gros calibre. A cinq heures, il montait dans le rapide, en savourant sa vengeance prochaine.

Cependant, le principal clerc de M⁰ Robinot, notaire, Octave Lesur, en recevant une petite lettre très pot-au-feu, où on l'appelait mon cher époux, où il était question de bas de laine, de chaussures et de clientèle, comprit, avec une rapidité qui fait honneur à son intelligence, que cette chère Louise, son ardente maîtresse, venait de faire un gaffe énorme et peut-être irréparable. Il courut au rendez-vous qu'elle lui avait donné la veille. En le voyant exact et si essoufflé, Mme Deligant l'accueillit de son plus charmant sourire ; mais le futur notaire avait le visage, comme le son de la voix, très altéré. Ses gestes étaient incohérents ; du moins ils apparurent tels à l'amoureuse Louise, et ses discours lui semblèrent tout d'abord insensés.

— Malheureuse! s'écria-t-il, qu'avez-vous fait? Votre distraction va amener une catastrophe. Je perdrai ma position et vous serez déshonorée.

— Je crois qu'il est fou! gémit Louise.

— Plût au ciel que je le fusse! reprit le principal clerc; mais je ne le suis pas. Lisez plutôt la lettre que vous m'avez envoyée.

Mme Deligant prit le papier des mains tremblantes d'Octave, y jeta un coup d'œil rapide et ne put maîtriser un sursaut d'effroi.

Mais elle était romanesque et brave.

— Il nous tuera tous deux, dit-elle.

— Tudieu, c'est précisément ce que je veux éviter, s'écria l'amant irrésigné.

Il se prit la tête dans les mains :

— Que faire?

— J'ai trouvé, déclara Louise.

— Tu as trouvé? Parle, ange de ma vie! murmura le clerc.

— Quoi qu'il advienne, dit-elle, nie tout énergiquement jusqu'à la mort.

— J'espère bien ne pas arriver jusque-là,

du moins quant à présent, répondit Octave; mais, pour nier, tu peux compter sur moi.

Cela dit, Mme Deligant consulta l'indicateur des chemins de fer.

— Mon cher époux, dit-elle, ne peut arriver ici avant dix heures du soir : nous avons trois bonnes heures à nous ; je t'aime.

Octave Lesur manqua un peu d'entrain. Quant à Louise, la pensée qu'elle serait peut-être bientôt dans les bras du néant redoubla sa tendresse. Elle fut délicieuse.

— Alors, tu ne veux rien me dire ? fit l'amant en quittant l'épouse de Deligant, son ami.

— Rien. C'est inutile. Je te le répète, il faut seulement nier, car il n'est pas douteux que les soupçons de mon mari tomberont sur toi, bien que je ne croie pas t'avoir nommé.

Une dernière fois, ils s'embrassèrent, en se disant, non adieu, mais au revoir.

Deligant arriva à dix heures, sombre et farouche comme Othello, et une main sur son revolver. Il trouva sa femme couchée, malade, et la bonne à son chevet :

— Ah ! vous voilà enfin, mon ami, gémit Louise ; je craignais de mourir sans vous revoir ; mais vous avez reçu ma lettre et vous êtes revenu tout de suite... Vilain jaloux, je savais bien que mon moyen réussirait.

— Comment, murmura Deligant, cette lettre... c'était...?

— Un piège, pour vous rappeler au plus vite.

— Est-il possible ?

— En douteriez-vous ? En douterais-tu, vilain ? Alors, un amant, moi, au bout de quelques mois de mariage ! Quelle femme serais-je ?

Deligant se détourna et désarma son revolver. Il était honteux.

— Pourtant, dit-il, pourquoi ne m'avoir pas dit la vérité ?

— L'aurais-tu crue ? Ne m'as-tu pas reproché déjà d'être douillette, de me croire volontiers malade ?

— C'est vrai.

— Alors, tu ne serais pas rentré, comme je le désirais, sans retard, ou, si tu m'avais cru réellement fort souffrante, tu te serais tourmenté, mon pauvre chat, et ta petite femme ne le voulait pas !

LETTRE CHARGÉE

Augustin Bompard, employé dans les postes
et télégraphes, trônait derrière son grillage
depuis huit heures du matin, quand il vit
s'arrêter, au guichet des mandats et charge-
ments, qui était le sien, un jeune homme
fashionable et poli. Celui-ci lui remit une
lettre chargée, valeur déclarée : deux cents
francs, en déclinant, sans que cela lui fût
demandé, ses noms et adresse : Eugène Scott,
43, rue d'Obligado.

Cependant l'employé regardait la lettre
d'un air complètement abruti, sans bouger.

— Pardon, monsieur, dit Scott, mais je
suis pressé.

— Ah ! vous êtes pressé ; vous êtes...

Il leva les yeux, des yeux vides de pensée, idiots.

— Qu'est-ce que vous avez à me regarder comme ça? Suis-je une bête curieuse? reprit le jeune homme élégant, sur un ton rageur. Me suis-je mal expliqué?

Bompard se pencha sur le livre à souche et machinalement écrivit le nom de l'expéditeur et celui du destinataire. Ce dernier était son propre nom. Les deux cents francs étaient envoyés à sa femme par ce monsieur qu'il ne connaissait pas, qu'il n'avait jamais vu, sans doute; il avait une démangeaison de lui crier :

— De quel droit, à quel titre vous permettez-vous d'adresser une lettre chargée à Mme Bompard? Est-ce sous prétexte qu'elle est à la campagne, dans sa famille? Mauvais prétexte, monsieur, c'est moi qui vous le dis, et je suis Augustin Bompard, son mari !

Ce serait aussitôt dans tout le bureau un scandale inouï; le public s'attrouperait, ses collègues se rouleraient sur leurs respectifs tabourets. Il garda le silence et remit son reçu à l'expéditeur qui haussa les épaules en murmurant : « Ce n'est pas dommage ! » et s'éloigna.

Maintenant la lettre était en possession de Bompard. Il la tourna plusieurs fois entre ses doigts. L'ouvrir, rompre les cachets, la détourner en un mot, c'était grave, ce serait sa révocation, puis la misère.

Pouvait-il pourtant avoir sous la main la preuve de l'indignité de sa femme et la négliger ? Avec les deux cents francs, il y avait, il devait y avoir une lettre dans cette enveloppe, une lettre d'amour.

Louise, sa Lolo, le trompait. Pourquoi ? Il n'était pas beau ; mais il était bon ! Elle aussi était bonne, attentionnée, délicate.

Il avait quelque penchant à la gourmandise. Au lieu de l'en gronder, elle s'ingéniait à lui préparer de petits plats sucrés, ses crèmes favorites, mille douceurs.

Oui, mais cela coûtait et coûtait cher. Les cent vingt-cinq francs par mois qu'il lui remettait n'y pouvaient suffire. Il n'y avait jamais songé. L'ordre le plus admirable et l'économie la mieux entendue ne permettaient aucun extra, avec un budget si maigre.

C'était évident. Il fallait se priver sur toutes choses et toujours Lolo n'en avait pas eu le courage. Il s'attendrissait. Pauvre petite Lolo ! Elle aimait la toilette, aussi ; la toilette lui allait si bien. Elle avait pris un amant, peut-être pour lui plaire davantage, à lui, son mari. Pauvre petite Lolo !

Les larmes aux yeux, Augustin Bompard ouvrit la lettre aux cinq cachets rouges, la lettre inviolable, estampillée par l'administration. Il lui sembla qu'il forçait un coffre-fort. Le papier, en se déchirant, faisait un bruit énorme.

Un court billet accompagnait les deux cents francs.

« Ma chère amie,

« Je t'envoie un peu d'argent. Dans quelques jours, t'en enverrai à nouveau.

« Mille baisers de ton

« EUGÈNE. »

— Ton Eugène ! Alors moi, Augustin Bompard, son mari, que suis-je ?

Une voix moqueuse et lointaine, une voix de flûte, répondit :

— Toi, tu es... cocu, parbleu.

Très agité, il se leva, pria un de ses collègues de le remplacer un instant et sortit.

Dans la rue, il avisa au moyen de se venger, sans éveiller les soupçons. D'abord il fallait que la lettre arrivât à son adresse, il le fallait à tout prix. Il entra dans un café, demanda de quoi écrire et examina l'écriture de M. Eugène Scott, pour l'imiter.

Il l'imita parfaitement ; mais, au moment de replacer les deux billets de banque, il se dit :

— Je serais bien bête, moi qui n'ai jamais eu cinq louis d'avance...

Il glissa cent francs dans sa poche et les autres dans l'enveloppe. La lettre ne mentionnait aucune somme, elle faisait pressentir un envoi prochain. Il y avait toute chance pour qu'il ne s'élevât à ce sujet aucune discussion contradictoire. Tranquillement il se rendit à un autre bureau et fit partir *leur* lettre.

Il croyait n'en plus jamais entendre parler quand, un matin, entra le jeune Scott, toujours élégant.

Comme la première fois, il remit à Bompard

une lettre chargée, à l'adresse de l'infidèle, puis :

— A propos, dit-il, j'ai une réclamation à faire. Dernièrement, j'ai envoyé, dans les mêmes conditions, une somme de deux cents francs ; cependant la destinataire n'a reçu que la moitié de la somme. Comment cela se peut-il faire ?

— Cela est impossible, monsieur. On a reçu tout ou rien. Avez-vous l'enveloppe ?

— Non, on l'a déchirée, malheureusement.

Bompard respira.

— Alors, monsieur, fit-il, vous ne pouvez adresser aucune réclamation. La personne a bien reçu, mais elle aura mal compté : les femmes sont si brouillonnes.

— Pas au point de ne voir qu'un billet de cent francs, quand il y en a deux.

— Elles sont si roublardes, alors, si vous préférez, monsieur ; peut-être celle-ci a-t-elle voulu vous taper de cinq louis.

— Eh ! là, vous, l'employé, s'écria Eugène Scott, surveillez vos expressions ; vous ne savez pas de qui vous parlez.

Le mari étouffa un petit rire sec.

UN BEAU GARÇON

Les hommes ont, pour qualifier ou désigner ceux d'entre eux qui font exception à la laideur constatée de leur sexe, des mots convenus, des expressions dédaigneuses :

— C'est, disent-ils, en parlant d'un beau garçon, une tête de coiffeur !

Ou :

— C'est une figure de gravure de modes.

Ces phrases toutes faites cachent mal le dépit de la majorité. Il y a purement et simplement là-dessous une jalousie qu'on n'avoue pas.

Il est vrai que les femmes s'en mêlent. Elles déclarent couramment qu'un homme n'a pas besoin d'être beau. Elles plaident en cela,

j'imagine, la cause d'un amant, d'un fils, d'un
frère et même d'un mari. Elles s'excusent
d'avoir si mal choisi ou si mal produit.

Ces façons-là ne m'ont jamais convaincu. Je
doute qu'elles trompent beaucoup de gens.
Pour ma part, si j'avais eu le choix, j'eusse
préféré la tête pommadée d'un joli garçon
coiffeur à la trogne de quelques-uns de mes
contemporains.

Au jeu de l'amour et du hasard pourquoi
dédaignerait-on les atouts ? Et c'en est un, et
avec toutes, les grandes, les petites, les bou-
lottes, les maigres, les brunes, les jaunes,
les rouges, les jeunes et les vieilles, d'avoir
des traits réguliers, des dents blanches et,
pour parler un noble langage, du cresson sur
la fontaine.

Mon ami Hector Portejoie en est la vivante
preuve. C'est le type du beau brun. De haute
taille, les cheveux et les sourcils noirs, les
yeux larges et fendus en amande, un nez aqui-
lin, une mâchoire forte, avec des dents admirables et des lèvres sanguines. Sa moustache
et sa cravate sont toujours très soignées.
« Tête de sous-off », affirment les camarades.

C'est possible. Ce qui est certain, c'est qu'il a des maîtresses à foison et à l'œil. Il n'a qu'à se baisser pour en ramasser. Il se baisse d'ailleurs assez souvent, car il est de complexité amoureuse.

Il choisit. Quand nous passons à l'heure du déjeuner dans un quartier de couturières et de modistes, comme la rue de la Paix, ces pseudo-grisettes lui coulent d'excitantes œillades. Il en est qui ne se gênent pas pour clamer leur sentiment. « Voilà comme je les aime. » Très souvent encore : « Je me paierais bien ce joli garçon. »

Des fusées de rires accompagnent dans les groupes ces non équivoques réflexions. Hector sourit, daigne parfois se retourner, remercie d'un signe, d'un simulacre de baiser. Parfois, mais rarement, il répond par quelque gaminerie : « C'est loué pour un mois. »

Quant aux femmes du monde, elles se l'arrachent. Il résiste. Il n'y suffirait pas. Mais il joue avec le feu : il flirte. Quelques sentimentales ont compromis pour lui leur honneur et leur situation.

Il ne s'attaque vraiment et à fond qu'aux

vertus qui ont pignon sur rue. On dit la place imprenable. Il profite de la première occasion à lui offerte pour se jeter aux pieds de l'inexpugnable. Les serments ne lui coûtent pas.

— Je vous aime, je vous adore. Il n'y a pas de femmes comparables à vous. Ne me désespérez pas.

— Vous dites cela à toutes les femmes, répond la place imprenable.

— Quelle erreur !

— Mme X... Mme Q... et tant d'autres passent pour être ou avoir été vos maîtresses.

— Ou cela est faux... et l'on me calomnie ; ou cela est vrai... et, si tant de bras me sont ouverts, avouez qu'il faut que les vôtres m'attirent irrésistiblement.

Il n'a pas besoin, neuf fois sur dix, d'achever sa phrase ; on lui donne une main à baiser et il prend le reste.

Hector Portejoie ne s'enorgueillit pas de ces conquêtes-là. Les femmes honnêtes, c'est de la Saint-Jean. Le demi-monde est autrement... inabordable, quand on veut être aimé pour soi-même. Il prétend que les grues manquent de sens esthétique. La vérité, c'est que les beaux garçons ne remuent pas plus que les autres leur chair blasée. Elles se bornent donc à être pratiques. L'amour au poids de l'or.

Il en est quelques-unes qui, dans leurs débuts, se montrent expansives, se contentent d'un bouquet après une nuit d'amour ; mais, plus retorses en vieillissant dans la carrière, elles n'acceptent bientôt que de bons marchés.

Portejoie s'en plaint. « Avec ces bougresses-là, dit-il, pas de milieu : on donne ou on reçoit... c'est donc le diable. »

Il m'en a pourtant désigné, dimanche dernier, sur le turf, quelques-unes dont les conditions avaient été moins inacceptables.

Il était amoureux, ce jour-là, de Mlle Ninoche, des Folies-Bergère.

— Il me la faut, dit-il.

Nous l'abordâmes près du paddock.

— Mademoiselle, quand passons-nous une soirée ensemble ?

Elle, qui sait de quoi il retourne, répondit avec hauteur :

— Je n'ai pas de soirée à perdre.

— A perdre? Oh! le vilain mot, pour une artiste !

— Que me donnerez-vous?

— Tout et rien.

— Alors pour la peau?

— Pour le plaisir, mademoiselle.

Une flamme de passion brille dans les yeux de velours d'Hector.

Ninoche joue d'une main mal assurée avec son éventail.

— C'est bon, dit elle, venez demain soir, nous causerons. Mais chut! n'est-ce pas ?

— Entendu.

Enfin! s'écria Hector en me prenant le bras. C'est la troisième tentative que je fais auprès de cette petite grue. Elle y a mis de l'amour-propre et moi aussi.

Ces petits triomphes ont accentué la fatuité que ses amis lui reprochent.

Il s'imagine volontiers que les femmes ont reçu de lui le coup de foudre. Non seulement cela ne l'apitoie pas toujours, mais cela l'irrite parfois et le rend féroce. Les vieilles femmes l'exaspèrent.

Le jour de Ninoche, nous montons en tramway vers la Muette. Nous voilà assis en face d'une sorte de vieille garde très maquillée et manifestement prétentieuse. Elle devait avouer la trentaine. Ses yeux se fixent bientôt sur Portejoie, langoureusement. La voiture cahote, file, s'arrête. La dame, impassible, regarde toujours mon ami. Son indifférence ne la décourage pas. Elle a un sourire de plus en plus expressif.

On stoppe. Alors Portejoie se découvre et, très poliment :

— Je vous demande pardon, madame, mais vous me regardez depuis un bon moment avec une certaine insistance. Est-ce que je ressemblerais à monsieur votre fils ?

Mon ami Portejoie est un mufle.

APRÈS LA CAVALCADE

M. Rimatout, un des gros bonnets du commerce parisien, n'avait pas de secrets pour son ami Edouard Lajon. Celui-ci était fort amoureux de Mme Rimatout, la jolie Estelle, et le lui répétait en toute occasion. Une telle situation était bien faite, on en conviendra, pour serrer de plus en plus étroitement les liens amicaux noués entre ces deux hommes, alors qu'ils n'étaient encore que deux collégiens pas plus hauts que ça.

Mais la preuve qu'il y a d'honnêtes femmes c'est que Lajon, bien qu'il fût beau et très élégant, qu'il eût des cheveux non-seulement bruns, mais touffus, des yeux non seulement magnifiques, mais dominateurs, une fortune non seulement immense, mais dépensée avec une prodigalité de grand seigneur, n'avait obtenu de Mme Rimatout que des promesses vagues et conditionnelles.

Leur dernier entretien sur ce sujet brûlant s'était à peu près résumé ainsi :

— Je vous assure, cher monsieur, que j'aime mon mari.

— Mais, moi aussi, je l'aime, chère madame, ce bon Rimatout, s'était écrié Edouard.

— Eh bien ?

— Je n'entends lui faire aucun mal.

— Lui ôter l'honneur seulement.

— Il ne poussera pas un cri, je vous l'affirme.

— Vous n'êtes pas sérieux. Si j'étais assez malheureuse pour me détacher de Gaston, je me réfugierais dans l'amour maternel et encore, pour en arriver là, faudrait-il que mon mari me fît je ne sais quelles misères.

— Mais il vous en fera, mais il vous en fait, chère madame, soyez tranquille.

— Vous dites ? Mon mari est parfait, monsieur.

— Très bien, madame, je ne veux pas vous enlever de si chères illusions.

Ils s'étaient quittés assez froidement, ce jour-là, et Lajon se promettait bien de les enlever, et même de les arracher, et même de les massacrer et de les piétiner comme raisins en cuve, les illusions de la femme légitime de son bon ami Rimatout. Seulement il s'agissait d'être adroit, de n'en avoir pas l'air, tout en frappant un grand coup.

Mlle Délia, jeune acrobate du Cirque d'Automne, ne demandait pas mieux que de servir les voluptueux desseins d'Edouard Lajon, pour peu que celui-ci, qui avait un pied ou deux dans la presse, lui fît quelque réclame dans l'*Echo des Théâtres*. L'occasion ne devait point tarder à s'offrir.

On arrivait aux Jours Gras. Une des ambitions de Délia était de figurer dans le cortège officiellement organisé. Elle s'en était ouvert à son amant Rimatout, qui avait fait la sourde oreille, ne voulant rien demander, ni de près, ni de loin, au gouvernement. C'était un fidèle impérialiste, par cette raison, qui en vaut une autre moins bonne, que son grand-père avait été un des cent-gardes.

Mais Lajon était là et, sachant le désir de

Délia, il lui promit une figuration importante dans la suite du Bœuf Gras.

Elle serait, par exemple, une des fleurs du char de l'Horticulture et les journaux proclameraient, le lendemain, en la désignant par son nom, qu'elle était la plus jolie.

Voilà notre Délia au septième ciel.

— J'aurais, en revanche, une petite requête à vous adresser, insinua Edouard.

— Tout ce que vous voudrez, mon ami.

— Vous savez que je suis très amoureux de Mme Rimatout, la femme de votre amant. Lorsque, il y a trois semaines, je vous proposais de m'aider dans une petite combinaison vous me répondites que vous ne teniez pas suffisamment, entre vos délicieuses petites serres, le cœur de mon ami. Le tenez-vous, aujourd'hui?

— Aujourd'hui, je le tiens, répondit nettement Délia, et, si vous le voulez, je vous enlève ce gêneur, le Dimanche Gras, après la procession et je le garde à dîner, et je le retiens encore après. Est-ce suffisant?

— Ça ne me paraît pas trop mal, pour un début.

— Alors, c'est convenu. Le cortège passe sous les fenêtres de Rimatout. J'agite mon mouchoir. Cela signifie, pour vous, qu'il n'y a rien de changé, pour lui, que je l'aime et que je l'attends. Il ne vous reste qu'à vous faire inviter à une des fenêtres de votre ami. Rien ne vous est plus facile, n'est-ce pas? que de jouer, auprès de Mme Rimatout, de cette petite pantomime du mouchoir, laquelle, si vous le voulez bien, ne saurait lui échapper.

— J'ai compris et vous êtes un ange.

— Alors, embrassez-moi; vous serez bientôt mon beau-frère ou vous êtes un grand niais.

Dans l'après-midi du Dimanche Gras, toute la famille Rimatout était à ses fenêtres, dans l'attente du cortège. On avait invité trois amis dont Edouard Lajon. Celui-ci avait bien manœuvré, si bien qu'il se trouvait seul avec la jolie Estelle, à la fenêtre de la chambre à coucher, tandis que Rimatout et ses deux enfants occupaient celle de la salle à manger et les invités, celles du salon. Je m'empresse d'ajouter, pour rassurer le lecteur que toutes ces pièces communiquaient entre elles et que

Lajon pouvait tenter quelques tripatouillages de la main à la main, mais rien de plus.

Il ne s'en priva point, à vrai dire, trouvant précisément Mme Rimatout en beauté, par ce jour quasi-printanier. Le soleil était de la fête. Il jouait dans les cheveux d'Estelle, y mettait des tons roux éclatants, il riait aussi dans ses yeux clairs, en faisait de merveilleux saphirs, de même qu'il ajoutait à l'irradiante blancheur de ses dents, diadème inappréciable, irréprochablement posé sur l'écrin grenat des gencives.

Mais voici le cortège, c'est, de loin, un méli-mélo de toutes couleurs, chars enrubannés, chevaux carapaçonnés, casques et hallebardes dominés par la mouvante structure des chars. Le plus gracieux est, sans contredit, celui des fleurs, où de jolies filles, en robes safran, émergent de camélias énormes, tandis que volète autour de leurs têtes un essaim de papillons diaprés Elles envoient de gracieux saluts. On les acclame. Sous les fenêtres de Rimatout, l'une d'elles se trémousse, plus que toutes, ses yeux fixent son amant, sa main gauche agite frénétiquement un mouchoir,

sa droite détache des baisers, toujours et toujours, tant que le char reste en vue.

— C'est à vous que s'adressent ces dé-
monstrations? demande sèchement Estelle à
Edouard Lajon.

— Pas précisément, chère madame, mais
peut-être à quelqu'un qui n'est pas loin d'ici
et qui vraisemblablement ne tardera pas à
nous quitter. Faites mine de n'avoir rien vu.

Bientôt, en effet, Rimatout déclarait qu'il
éprouvait un besoin de remuer. D'ailleurs il
ne serait pas mauvais qu'il allât jusqu'à sa
maison de commerce jeter un coup d'œil sur
le courrier.

— Comme tu voudras, répondit Estelle.

Et elle pria ses amis de rester encore. Ceux-
ci, au bout d'une heure, dessinèrent un mouvement de retraite. Mme Rimatout ne retint
que M. Lajon, désireuse de connaître le mot
de l'énigme. Sans se faire prier, Edouard demeura. Il était bien involontairement au courant des infidélités de Gaston. Il savait par
hasard que la maîtresse de Rimatout figurait
dans le char des Fleurs et qu'elle et lui devaient dîner ensemble. Effectivement, il était

six heures à peine et Mme Rimatout recevait un mot de son mari. Retenu pour une cause imprévue. Il demandait qu'on ne l'attendît point avant une heure avancée de la soirée.

Estelle se montra vivement irritée d'un pareil sans-gêne.

— Tout est fini, s'écria-t-elle, entre cet homme et moi.

Edouard pensait alors que ça pourrait commencer entre eux.

— Mes enfants n'ont plus de père, désormais!

Lajon se jeta aux pieds de la jolie jeune femme en murmurant :

— Et moi, Estelle, ne suis-je pas là, prêt à leur en tenir lieu, prêt même à leur donner des frères et sœurs, à ces pauvres enfants?

— Tout beau, jeune homme, fit Mme Rimatout, avec un fin sourire et tout en aidant Edouard à se relever, il y a moyen de se venger sans pousser si loin les choses.

— C'est juste, confirma l'amoureux ravi, Boileau l'a dit : il faut savoir se borner.

Alors, en laissant couvrir sa main de menus baisers, « Nous nous bornerons », répéta Mme Rimatout.

ENTRE AMIES

Alice du Tilleul sonna sa femme de chambre et lui dit :

— Kate, je n'y suis pour personne, excepté pour un grand brun qui a des yeux bleus et une barbe noire.

— M. Albert Muffendi... Bien, madame.

— Qui vous fait croire....?

— Je ne vois pas d'autre monsieur avec de la barbe qui vienne ici. Du reste, j'ai bien remarqué que madame en tenait pour M. Albert.

— Vous dites ?

— Je dis que madame a raison, car c'est un très bel homme, et moi-même...

— Et vous-même, mademoiselle Kate ?

— Si je n'étais pas une fille honnête, je m'en

laisserais bien conter par celui-là. Dame, on est domestique, mais on n'est pas de bois, madame.

— C'est bien, rentrez à l'office et observez la consigne.

Kate se retira, mais de méchante humeur. En vérité, ces maîtres sont extraordinaires ! Il n'y a rien de trop beau, ni de trop bon pour eux et ils trouvent mauvais qu'on ait, soi aussi, du goût et des passions. C'est donc pain bénit quand on peut se venger.

Tandis que maugréait sa servante, Alice du Tilleul, assise en un fauteuil Louis XVI auquel s'adjoignait à volonté un tabouret pour faire chaise-longue, cherchait une pose à la fois décorative et impressionnante.

Elle avait pour le gentleman Albert Muffendi un fort béguin. D'abord il était beau, de superbe allure orientale. il avait le teint mat et les dents éclatantes de blancheur. Sa barbe épaisse, longue et bien peignée, lui donnait l'air d'un prince assyrien. Il parlait d'une voix lente, avec des gestes majestueux. Son tailleur savait l'habiller à sa taille, je veux dire d'une façon spéciale, adéquate à la noblesse

de sa stature. Il n'était jamais à la mode : il
donnait toujours l'impression qu'il la devançait. On le disait en outre extrêmement riche,
— comme tout étranger de distinction.

Alice avait encore une autre raison particu-
lière et très féminine de vouloir cet étranger.
Deux de ses meilleures amies le guignaient.
C'est toujours fort agréable de faire une ros-
serie à une intime. Cela n'allait pas tarder.

Elle trouva la pose convenable, ni assise, ni
couchée. Elle montrait ce qu'elle voulait de
sa jambe soutenue par le tabouret. Le buste
légèrement incliné permettait au regard de
pénétrer dans le mystère palpitant du cor-
sage. Les femmes du monde en montrent dix
fois plus au bal à des inconnus, mais une
demi-mondaine qui se respecte sait se décol-
leter avec mesure.

Il est vrai que cette parcimonie n'est qu'une
excitante habileté; elle a pour but de faire
venir l'eau à la bouche, si je puis m'exprimer
ainsi.

Dans ce cas particulier, Alice, avec son ins-
tinct féminin, touchait très juste. Albert Muffendi qui, s'il n'était pas d'origine asiatique,

avait longtemps vécu en Orient, devait s'échauffer beaucoup moins devant la pure beauté plastique qu'aux approches d'une élégance toute parisienne, à l'aspect d'un corps de femme, à la fois souple et ferme, intangible et désirable, dans la cuirasse chatoyante du corset revêtu d'une étoffe de soie, pour l'œil pleine de caresses comme pour les doigts qui la frôlent.

Son billet était fort précis : « Puisque vous voulez bien m'y autoriser, la plus belle des amies, je serai chez vous à cinq heures et à votre entière disposition. »

Dans quelques minutes il serait là. Elle comptait le conduire au cabaret et lui donner ensuite une hospitalité écossaise.

On sonna. Il était en avance. Alice saisit vivement un volume sur la table proche et, un doigt entre les pages, abandonna sur ses genoux le livre commencé. Son attitude était rêveuse, sa bouche une fleur, son regard baigné de suavité.

Blanche d'Églantine entra.

— Comment ! toi ?

— Oui, je sais, ce n'est pas moi que tu

attendais. Vraiment, ma chère, ta femme de chambre est unique. Encore un peu, il m'eût allu la croix et la bannière pour entrer chez toi. La consigne ! la consigne ! comme si elle existait pour moi, entre nous qui n'avons pas de secret l'un pour l'autre. N'est-il pas vrai ?

— Voyons, embrasse-moi.

— Avec plaisir, ma chérie.

— Tu as l'air tout drôle. Qu'as-tu donc ?

— J'ai en effet rigoureusement défendu ma porte.

— Kate n'avait alors qu'à me répondre que tu étais absente. Mais non... elle avoue que tu es là, et seule. Alors, tu comprends, ça me paraissait raide...

— C'est un tour qu'elle me joue, celle-là, répondit Alice à mi-voix.

— Ainsi, je te gêne.

— Ce n'est pas moi que tu gênes.

— C'est bien, je m'en vais; mais pas avant de t'avoir dit ce que je pense de ce beau ras-taquouère dont nous causions l'autre jour.

— Eh bien?

— C'est un eunuque, ma chère.

— Tu en es sûre ?

— Voyons, il me fait la cour depuis des semaines. Je lui envoie hier un billet tout à fait encourageant, pour lui ouvrir ma porte, ce soir, et ce Joseph se défile. Il me télégraphie tantôt que des engagements antérieurs ne lui permettent pas de se rendre à mon rendez-vous. Comment trouves-tu cela? Pour moi, ma chère, cet homme-là se donne l'air de rechercher les femmes, mais... de loin.

— Tu vas cependant le voir de près, répondit Alice, qui venait de percevoir une faible résonnance du timbre.

Effectivement, Albert Muffendi, plus brun, plus magnifique que jamais, fut introduit. Avec un flegme tout oriental il baisa les mains de ses deux belles amies et leur demanda avec tranquillité des nouvelles de leur chère santé.

— Telle est donc la nature de vos engagements antérieurs, cher monsieur, observa Blanche.

— Belle nature, n'est-ce pas, mademoiselle? répliqua Muffendi, qui savait assez de français pour jouer sur les mots.

Et il ajouta, avec un aplomb naïf :

— J'ai reçu la lettre de Mlle du Tilleul deux heures avant la vôtre... autrement, je vous aurais donné la préférence.

— Grand merci, cher monsieur, s'écria Alice.

Mais Blanche, que la réponse mettait en belle humeur, essaya de calmer son amie.

— En définitive, tu triomphes... modestement, mais tu triomphes. De quoi te plaindrais-tu ?

Albert Muffendi affirma :

— Je vous aime beaucoup toutes les deux.

Etait-il bête sans le faire exprès ou faisait-il exprès d'être bête? Alice en était quelque peu stupéfaite et paralysée, se promettant bien d'ailleurs de lui faire payer cela un jour. Lui, lisant quelque étonnement dans leurs yeux, déclara :

— Il ne faut pas oublier que je ne suis pas français.

— Ça se voit bien, s'écria, presque malgré elle, la maîtresse de céans, tandis que souriait la jolie Blanche.

Muffendi lui prit la main.

— Vous êtes donc pour moi, fit-il.

Alors d'Églantine se leva.

— Maintenant, je n'ai plus qu'à vous laisser, les amoureux, dit-elle.

Et, se tournant vers Albert :

— Alors, à bientôt, n'est-ce pas ?

— Quand il vous fera plaisir, mademoiselle.

Alice se contenait ; mais, à part soi, traitait son oriental de sale rastaquouère. Ah ! s'il n'avait eu de si rayonnants yeux bleus, une barbe noire ébène et surtout... la réputation d'un nabab, comme elle vous l'aurait planté là, en le faisant reconduire par sa femme de chambre ! Au contraire, elle souriait, pour montrer ses dents, cambrait les reins, pour faire saillir le buste, avait des gestes félins, des regards enveloppants, sortait tout l'attirail de la distinction acquise et toute la mimique de sa sensualité de commande, jouait en conscience son métier de femme comme il en faut.

Blanche et elle, sur le palier (car difficilement le trio consentait à se désunir) s'embrassèrent avec effusion. Mlle d'Églantine, enfin, se décida à descendre quelques marches et alors elle se retourna, des baisers encore au bout des gants, et lança ces quelques mots de bienveillance attendrie :

— Amusez-vous bien, mes enfants, et surtout, hein? pensez à moi !

LE MAUVAIS GENDRE

Ce célibataire farouche, intraitable, endurci, voire même coriace, de son nom de Gustave Sabin, aurait bien juré cent fois qu'il n'entrerait jamais dans la confrérie des maris.

Ces serments-là valent ceux des ivrognes et de beaucoup de nos immortels du corps qu'académique on nomme, selon l'expression d'un poète amoureux de la cacophonie. Combien écrivirent sur l'illustre compagnie, dont le sein leur devait être cher plus tard, de dédaigneuses phrases! Combien aussi affectèrent une répugnance invincible pour cette institution surannée du mariage dont ils devaient faire un jour le plus bel ornement!

Quand il eut jeté à tous bouts de champs

(et le terme n'est pas déjà si impropre, lorsqu'il s'agit d'un rural comme Sabin) le feu de
sa première jeunesse, Gustave inclina vers
les joies saines du foyer. Ce qui le retenait,
maintenant que la trentaine avait sonné, c'é-
tait beaucoup moins la haine du mariage en
soi que la crainte du cocuage.

Il s'enquit alors d'une petite fille bien sage.
élevée sous la jupe maternelle. Il la trouva.
Elle était orpheline de père, elle s'appelait
Eulalie Lacassage et n'avait ni hanches, ni
dot, ni nichons; mais elle aimait beaucoup sa
mère et paraissait douce comme une agnelle.

C'était une enfant gâtée, pas plus bête
qu'une oie en somme et qui convenait parfaitement à un vieux garçon égoïste et autoritaire
comme celui qui nous occupe.

Aussi l'ex-champion du célibat brava, non
sans courage, non seulement les quolibets
de toute une petite ville pour épouser, le
11 mai 18... Mlle Lacassage. Mais il accepta dans
son intérieur la présence d'une belle-mère
qui passait pour une mégère inapprivoisable.

La joie fut universelle. On en gaussa longtemps. Il n'entendit rien, tout à la pensée de

tenir dans ses bras cette vierge effilée que les
méchants comparaient à la hampe d'un dra-
peau.

La sveltesse n'empêche pas les sentiments,
sans doute, car ils s'aimèrent, et cela si osten-
siblement qu'ils excitèrent l'envie parmi leurs
compatriotes. Ce fut surtout parmi les vieilles
filles laissées pour compte une de ces haines
mêlées de dépit qui ne pardonnent pas. Elles
s'ingénièrent à troubler le bonheur trop parfait de ce couple modèle. Les lettres anonymes que reçut Eulalie et qui lui dénonçaient
son mari comme un coureur, parlaient de ses
anciennes maîtresses et prévoyaient de fu-
tures débauches, toutes ces petites lâchetés
émanaient de demoiselles vexées ayant coiffé
et recoiffé sainte Catherine.

Mme Sabin traitait ces missives avec le dé-
dain qu'elles méritent en les jetant au feu,
sans en dire mot, toute à sa joie d'aimer et
d'être aimée, en dépit des méchants.

Le vrai point noir du mariage était Mme
Lacassage mère. Celle-là, était envahissante,
encombrante, insupportable. Elle entendait
régenter son gendre comme sa fille.

Celui-ci patientait par égard pour Eulalie ; mais se réveillait en lui par instants sa vieille aversion du mariage en général et de la belle-mère en particulier. En parlant des ingérances et des prétentions de Mme Lacassagne, il avait des violences de geste à tout casser, et, dans les yeux, des éclairs annonçant la foudre.

Il rentra un jour du Palais de justice dont il était le greffier, dans une colère terrible et prit sa femme à part.

— J'apprends, dit-il, et cela suffit à me rendre ridicule aux yeux de tout le monde, que la mère vient chaque matin coucher dans ton lit et clabauder contre moi.

— C'est vrai, répondit Eulalie, ma mère et moi, depuis la mort de papa, avons toujours couché ensemble, car j'étais fort peureuse, étant petite ; alors maman est contente de venir un peu à côté de moi, comme au temps où j'étais jeune fille. Il n'y a pas de mal à cela.

— Sans doute il n'y a pas de mal, mais c'est grotesque et assez peu convenable en somme qu'une mère vienne prendre la place de son gendre dans le lit conjugal. J'entends qu'elle perde cette habitude au sujet de laquelle on fait les gorges chaudes. J'ai l'air de n'être rien dans cette maison et j'entends y être le maître. Tu diras cela à ta mère.

— Tu le lui diras, répondit Eulalie, d'autant plus, mon chéri, qu'après ton départ pour le Palais je suis quelquefois un peu fatiguée et je préférerais dormir plutôt que de bavarder avec maman.

Là-dessus, étant bien d'accord, ils s'embrassèrent. Ce fut alors qu'une idée assez drôle vint à l'esprit calmé de Sabin.

— Il y a un moyen, dit-il, de donner à ta mère, sans rien dire, une leçon qui lui ôtera l'envie de recommencer. Demain, je simulerai mon départ et je resterai dans notre chambre.

Eulalie aurait bien voulu épargner à Mme Lacassage la petite humiliation que lui mijotait un gendre malicieux, mais elle n'en trouva pas le moyen.

Le matin, Gustave, au lieu de s'en aller, se cacha dans la ruelle. Aussitôt, on entendit la voix de Mme Lacassage, puis le petit dialogue suivant :

— Eulalie !

— Maman ?

— Gustave est parti ?

— Oui, maman.

Et la belle-mère fit son entrée, opulente et peu drapée, en chemise de nuit. Eulalie lui laissa la place au bord du lit. Sabin retint son souffle. Le sommier, sous le poids de la grosse dame, gémit profondément.

Mme. Lacassage paraissait justement en veine d'indiscrétion. Elle adressa à sa fille plusieurs questions qu'elle n'interrompit que pour donner libre cours à un épanchement physique que la nature non seulement ne réprouve pas, mais impose à toute créature. Ce besoin normal satisfait, dont aucun détail n'échappa à l'ouïe, sinon à la vue de Sabin, la bonne mère reprit son petit interrogatoire :

— Ah ! çà ! ma chère enfant, je ne t'ai jamais demandé si ton mari remplissait bien ses devoirs.

— Religieux, maman ?

— Non, petite sotte, conjugaux. Tu me comprends bien ? Est-ce qu'il t'aime enfin ?

— Mais certainement, maman, répondit

Eulalie qui aurait bien voulu être ailleurs.

— Ah! tu m'étonnes. C'est qu'il me paraît un peu mou, ton mari, ce n'est pas une nature. Sa réputation était surfaite. Tu as vu comme je l'ai maté!

— Oui, vraiment, fit l'autre, qui surgit de sa ruelle comme un diable d'une boîte de jeu.

La belle-mère, en face d'un crocodile prêt à la happer, n'aurait pas jeté un cri plus effrayé, ni fait un bond plus cocasse dans le milieu de la chambre. Et, tout en se précipitant vers la porte, vexée et rouge de colère, elle laissa siffler entre ses dents cette menace maternelle :

— Vous me le paierez cher, mes enfants, très cher, et vous n'êtes pas prêts de me revoir.

Sabin bondit à son tour derrière elle et cria dans le corridor :

— A ce compte là ce sera encore pour rien, belle-maman !

RÉCIPROCITÉ

Ils étaient tous deux au milieu du salon, dans l'ombre crépusculaire, où leurs silhouettes commençaient à se confondre.

Mme Advise s'était levée pour sonner et demander qu'on allumât les lampes. Lui, en arrêtant son bras, d'une voix impérieuse et douce, l'adjurait d'exaucer son obsédante prière :

— Hélène, dites que vous consentez, que vous viendrez demain chez moi, dans cet entresol loué pour vous, tout plein de vous, où tant de fois s'est prolongée mon inutile attente de votre chère présence.

Mme Advise hocha la tête :

— Vous attendrez une fois de plus demain,

mon cher monsieur de Varenne; je ne suis pas encore résolue décidément à cesser d'être une honnête femme. Le métier ne m'amuse pas, c'est bien certain, autrement je ne vous autoriserais pas à venir me voir un jour qui n'est pas mon jour, au risque de me compromettre aux yeux de mes gens, je ne m'attarderais pas au Parc Monceau pour ouïr votre rengaine amoureuse, dont je ne crois pas un mot, mais qui me fait plaisir tout de même. Nous avons tant besoin d'être aimées, nous autres femmes !

— Hélène, ma chère Hélène... mais je vous aime, moi, comme vous n'avez jamais été aimée, comme vous ne le serez jamais.

— Des mots ! La preuve de cela, où est-elle? Montrez-la. Votre sincérité même n'est pas une garantie, puisque vous avez l'inconstance dans le sang, messieurs les hommes.

— Mais, puisque je vous jure...

— Mon mari aussi avait juré, cependant...

— Il vous trompe. Vous en convenez, enfin !

— Non pas ; je dis seulement qu'il est devenu froid, indifférent, fantasque, et que je vaux mieux que cela.

— Eh bien ! moi, Hélène, je vous dis, je
vous répète qu'il vous trompe. Il me répugne
d'employer une pareille arme contre Advise,
qui est mon ami ; mais je dois cet hommage à
la vérité : il vous trompe.

— Vous étiez bien bon de le ménager. Et
alors, avec qui Raymond me trompe-t-il ? Avec
une danseuse ou une femme du monde, une
cocotte ou une blanchisseuse ?

— Je ne saurais préciser. La femme m'est
apparue très peu, montant en voiture preste-
ment, lui derrière. C'est lui que j'ai bien regardé, pour être sûr de ne pas me tromper,
et je n'ai aucun doute. J'ai même passé si près
d'eux que je pourrais vous dénommer le parfum dont se sert la compagne de votre mari :
c'est aussi celui de ma femme.

— J'en suis ravie ; mais tout cela ne me
convainc pas encore. Il faut que je constate
par moi-même. Je l'espionnerai, je fouillerai
dans ses poches. Et après...

— Après, vous serez à moi, Hélène ; il y va
de votre dignité.

— Après, dame, je verrai. Votre femme est
mon amie intime et j'ai, comme vous, des

scrupules Elle ne m'a pas fait de mal, pourquoi lui volerais-je son mari ?

— Du moment qu'elle l'ignore. Et elle l'ignorera, je vous assure.

— Vous êtes prudent, mes compliments ! Vous savez aussi jouer la comédie, parfait ! Je serai devenue votre maîtresse et votre tendresse pour Louise demeurera aussi assidue, aussi probante que par le passé. Avouez que ces choses-là sont drôles et que, si une femme réfléchissait un peu à tous ces dessous de l'adultère, elle ne tomberait jamais, surtout dans les bras d'un homme marié.

—Hélène, vous vous tourmentez à plaisir ; à les regarder de trop près, les choses se dépoétisent, se déforment. Aimons-nous, tout simplement ; le reste n'est rien. A demain, n'est-ce pas ? Je vous attendrai.

Mais Mme Advise poussa doucement de Varenne vers la porte :

— Vite, partez : c'est l'heure où mon mari rentre. Il ne faut pas qu'il vous trouve ici.

Tout de même, elle prit le temps d'abandonner au visiteur et ses yeux, et sa nuque, et le coin de sa bouche adorable qu'il baisa follement, avant d'entrer dans l'antichambre.

Le charme d'Hélène résidait en l'impeccable goût, en la distinction élégante de ses toilettes et en l'alliciante franchise d'un sourire qui signalait des lèvres finement ourlées et découvrait des dents beaucoup plus belles que des perles. Elle n'était ni plus ni moins vertueuse que tant d'autres. Elle avait flirté beaucoup, sans arrière-pensée, et fût certainement restée fidèle à un mari attentif et amoureux. Mais Raymond Advise était passionnément occupé d'une autre femme, inférieure à la sienne à tous points de vue, dont le seul avantage, dont l'unique qualité personnelle était d'appartenir à un ami. Peut-être avait-elle aussi un autre attrait, celui d'être nettement libertine, dénuée de désintéressement et de pudeur. Il y a des amants que de telles natures séduisent.

De Varenne était à peine arrivé dans la rue et jetait vers les fenêtres de Mme Advise un regard de troubadour que celle-ci retournait déjà avec énergie toutes les poches de son mari. Cet exercice la mit bientôt en possession

11

d'un mignon billet odorant dont elle n'ignorait ni le parfum ni l'écriture.

Son anonymat n'empêchait point qu'elle reconnût, dans ces lignes brillantes et échevelées, la calligraphie d'une amie.

Elle se mit à rire, à rire éperdument en secouant la tête : « Elle est bien bonne, bien bonne ! » Une seconde lecture de ce billet d'amour ne lui parut point superflue ; mais, cette fois, s'attachant davantage au sens des détails, Hélène ne put s'empêcher de rougir. Et, s'il y avait de la colère dans cet afflux de sang empourprant ses joues, il y avait aussi une légitime pudeur.

Elle murmura : « Ah ! la sale ! » et froissa le papier avec dégoût.

Au dîner, M. Advise fut, ce soir-là, lardé de cent coups d'épingle dont il n'osa se fâcher. Hélène cita plusieurs fois sa maîtresse de la façon la plus désobligeante, affirma qu'on lui prêtait plusieurs amants, attendu que Messaline n'était à côté d'elle qu'une petite fille.

— Tu es charmante pour tes amies, toi.

— Encore plus qu'elles ne le sont avec moi, j'imagine.

Elle lui dit cent autres choses semblables ;
mais il n'osa s'aventurer avec elle sur ce
terrain brûlant, surtout avant d'avoir vu
celle que sa femme attaquait avec si peu
de mesure. Il se contenta de hausser les
épaules.

Cette attitude exaspéra Mme Advise et elle
jura de se venger. Le lendemain, à trois
heures, elle frappait à l'entresol de son ami
de Varenne. Il exprima une joie sans bornes,
baisa le front et les pieds de la jeune femme,
mima la plus extravagante folie amoureuse.

Pendant quelques minutes, elle le laissa
faire ; puis, comme il roulait des yeux désor-
bités et répétait, comme si le cœur lui sautait
aux lèvres : « Je suis heureux, Hélène, im-
mensément amoureux ! » Mme Advise, tranquille, souriante, immobile, jetant d'un geste
indifférent ses gants sur la table, lui répondit :

— Il n'y a vraiment pas de quoi, mon ami.

Il protesta :

— Mais si, je vous jure, je me sens trans-
porté d'une joie infinie.

— Il n'y a pas de quoi, affirmèrent de nouveau les lèvres d'Hélène Advise, car, si je suis
ici, mon ami, c'est que mon mari nous trompe
avec votre femme!

UNE AVENTURE

Pour se rendre au mess, Hector Belmontet, lieutenant au 7ᵉ hussards, à Vanon, passa, ce jour-là, par une sorte de venelle en pente, qui lui parut être le chemin le plus direct.

Il n'eut pas à s'en repentir. Au premier étage d'une maison, d'allure très convenable, deux yeux braqués sur lui, deux yeux de la couleur de son dolman, l'accompagnèrent jusqu'au débouché de la grand'rue. Ils appartenaient à une fort belle personne, autant qu'un rapide coup d'œil lui permit d'en juger, et le sourire épanoui, aux lèvres rouges, ne démentait point la caressante hardiesse du regard.

Qu'était cette femme ? Une vulgaire fille de

joie en embuscade ? Non, Belmontet était
connaisseur trop fin pour se tromper à ce
point. A coup sûr, cette *honneste* dame n'était
pas une autre Lucrèce, et, s'il lui avait fallu
ne point survivre à ce qu'il est convenu d'appeler le déshonneur, il y avait toute apparence
qu'elle serait morte depuis longtemps, car,
enfin, une femme comme il faut ne cherche pas
à troubler ainsi, à première vue, un hussard.

Sans être aussi farouche que la femme de
Tarquin, cette alliciante inconnue devait
encore, lui semblait-il, mériter un demi-res-
pect.

Le lieutenant Hector Belmontet n'était
arrivé dans sa nouvelle garnison que depuis
quarante-huit heures et savait déjà que la
cité vanonaise, composée, au point de vue féminin, de bourgeoises timides et de dévotes
captées par le clergé, n'offrait aucun espoir
aux natures éprises d'aventures amoureuses.
Non seulement il n'y avait rien pour le dessert, mais il était difficile de faire face à la
nécessité. Les demoiselles du demi-monde
étaient laides et les petites ouvrières vertueuses
ou surveillées très étroitement.

A mesure qu'il approchait du mess, les yeux
de la dame du premier lui paraissaient plus
beaux, plus étincelant son sourire... et surtout
plus précieux. Il aimait à supposer que ses
camarades n'avaient jamais eu l'occasion de
passer dans cette ruelle. Il imaginait même
délicieusement que c'était là une pauvre
épouse enfermée par un époux jaloux, jamais
admise à mettre le pied dehors, et qu'elle
l'avait regardé comme le captif regarde la
lumière du fond de sa geôle.

Il résolut de faire sa petite enquête, sans
éveiller les soupçons des camarades, surtout
sans les jeter sur la bonne piste.

L'aubaine pouvait être trop exquise. Il se
la réservait généreusement à lui seul.

Avec un peu d'habileté, il saurait ce qu'il
brûlait déjà d'apprendre. De quoi, si ce n'est
de femmes, pouvait-on parler au déjeuner,
devant un nouveau venu ?

« A moi, Machiavel ! » se murmura-t-il, au
seuil de la salle à manger. Ses projets de ma-
chination tombèrent à l'eau tout de suite.

Hector avait retrouvé là, au 7ᵉ hussards, un
ancien copain de Saumur. Celui-ci, dès les

hors-d'œuvre, mit carrément les pieds dans le
plat...

— Quel chemin as-tu pris, pour venir de
chez toi ? fit-il.

Prudemment, Belmontet répondit :

— J'ai continué ma rue, pour gagner la
place d'armes.

— Eh bien ! moi, mon vieux, je vais t'en in-
diquer un autre plus court et plus agréable.

— Parle.

— C'est la venelle Saint-Martin.

Un rire sonore courut le long de la table.

— Et qu'a de si particulier cette venelle ?

— Elle donne asile, mon bon, à une des
plus jolies personnes de Vanon, pour ne pas
dire à la seule qui soit vraiment belle, car,
chez elle, la splendeur des formes égale, si
elle ne la surpasse point, la grâce du visage.
Et, qui plus est, d'un accès étourdissant, quand
on lui plaît : une porte ouverte.

— Et le tarif ? demanda Belmontet.

— A l'œil, mon ami, à l'œil, car tu te mé-
prends considérablement, je le vois, sur la
qualité de ladite personne, bête comme un
veau, mais désintéressée et honorable ; c'est

la femme du bedeau, Mme Couchot... de son
prénom : Irma.

— Et vous me disiez tous, hier, que cette
garnison était sans ressources.

— Je te cite là l'occasion unique... unique,
entends-tu ? Nous sommes ici quelques-uns
pour la vouloir prendre au cheveu et
quelques-uns qui l'ont prise et ne demandent
qu'à repiquer. Mais la belle a ses caprices.
Quand une tête ne lui *revient pas,* il n'y a rien
à faire. Je ne serais pas étonné que tu fusses
son type ou un de ses types. Crois-moi, passe
quelquefois par la venelle Saint-Martin et
ouvre l'œil.

Le lieutenant Hector Belmontet sourit et
acheva son déjeuner distraitement. Il pensait
aux larges yeux de la femme du bedeau et
sentit bondir dans sa poitrine un cœur de con-
quérant. Volontiers il eût remis à un autre
jour la chevauchée convenue avec les camarades pour cette après-midi-là. Mais quel prétexte invoquer ? Il fallait se résigner à attendre.

L'impatience de revoir l'alléchante Mme
Couchot s'était emparée de lui, allait grandis-
sant.

Il savait par expérience qu'en toutes choses il est imprudent de remettre au lendemain ce qui peut être fait la veille. Pour les affaires sérieuses, passe encore ; mais, en amour, jamais !

Il avait eu la grande chance de voir la belle Mme Couchot. Il fallait profiter de cette veine, repasser dans la venelle et la saluer respectueusement au passage, si elle le gratifiait, comme tantôt, d'un gracieux et engageant sourire.

Aussi n'y manqua-t-il pas, dès sa promenade terminée. Laissant son cheval aux mains de son ordonnance, il s'engagea résolument dans la petite rue. Son cœur d'homme battait plus fort que n'eût battu son cœur de soldat dans une charge.

Ses éperons sonnaient sur le pavé. Ce moyen d'attirer l'attention lui réussit. La belle Irma Couchot parut à sa fenêtre. Elle avait son même regard attirant et énigmatique, sous lequel Belmontet passa, comme un oiseau fasciné. Mais soudain, sans réflexion, en un acte purement impulsif, le lieutenant tourna court et gravit les deux marches qui accédaient à la maison, s'engagea dans le corridor, et monta l'étroit escalier, jusqu'au premier.

Qu'allait-il faire? Qu'allait-il dire? Il ne savait pas. Il savait seulement qu'une force très puissante le poussait vers une femme très belle. Une porte s'ouvrit. Cette femme était devant lui. Sans un mot, elle s'effaça. Sans un mot, il entra, lui prit les mains, l'attira vers lui. Leurs lèvres muettes s'unirent dans un baiser, suivi de beaucoup d'autres, pareillement silencieux.

Belmontet quitta sa nouvelle maîtresse sans lui avoir adressé la parole et, bien que l'aventure lui parût extraordinaire et plaisante à conter, il eut, le soir, au mess, quand le nom de Mme Couchot vola sur les bouches, la galante discrétion de garder le silence. Ce ne fut que longtemps après qu'il s'en départit, avec plaisir du reste, parce qu'Irma avait conté l'histoire elle-même.

BOUTON DE CULOTTE

Tous remarquèrent qu'Émile Cassin, en entrant ce jour là dans le bureau d'ordre, n'avait pas sa tête ordinaire. Le vieux commis serra mollement la main de ses collègues et s'assit devant ses grands livres, avec un front lourd et un air inquiet !

Alors, une voix qui monta comme d'une cave, celle de Lepassereau, employé stagiaire au ministère des Postes, abrité savamment derrière une pile de dossiers, interpella son collègue, son aîné, Cassin, surnommé Tra-déri-déra, pour avoir commis, en sa prime jeunesse, quelques chansons de café-concert :

— Quoi t'as, Tra-déri-déra ? Tu as l'air

tout chose. Gageons que ta maîtresse te fait
des traits !

Cassin, toujours renfrogné, répliqua :

— Laisse-moi tranquille, je n'ai pas envie
de plaisanter !

— Mais je te parle sérieusement, Tra-déri,
et m'offre comme témoin, si le cas échoit.

Le commis ne broncha point et se mit à
compulser des dossiers d'un vert pisseux,
archives vénérables des labeurs aministratifs.

Cela ne faisait pas l'affaire de Lepassereau
qui vint à la rescousse ; mais, cette fois, il se
déplaça, fit le tour de la table et posa ses deux
mains sur les épaules de Tra-déri-déra. Cette
familiarité, vite acquise dans les bureaux,
était issue des journalières besognes de ces
deux ronds de cuir, plutôt que de la parité de
leur âge.

Le jeune Lepassereau comptait vingt-trois
ans à peine, tandis que Cassin frisait, au petit fer, les quarante hivers.

— Ainsi, tu as du chagrin, mon vieux, et
tu me le cèles, à moi, ton ami ! Et cela, quand
tu t'es permis d'arriver à dix heures et demie,
quand tu devrais trôner sur ta chaise curule

depuis la neuvième heure! Au moins pour-
rais-tu t'excuser auprès de tes honorables
collègues, moi et le seigneur Restoquoy, ici
présent, et silencieux, abruti par tant de
sans-gêne et d'ingratitude!

Et Lepassereau s'écria, terminant cette ti-
rade :

— Ouf! Oùs qu'est mon verre d'eau su-
crée?

Tra-déri-déra secoua les épaules comme
un taureau agacé par les banderillas, mais ne
dit mot, ténébreux toujours, froissant les pa-
piers qui passaient entre ses doigts.

L'obstiné Lepassereau reprit avec mélancolie.

— Alors tu n'es plus un frère?

— Laisse-moi, je t'en prie, déclara Cassin,
en lui jetant un regard doux et triste.

Mais, aussitôt, il eut un sursaut : son œil
étincela sous ses sourcils froncés. La porte
venait de s'ouvrir et Démarquet entrait, l'élégant Démarquet, rond-de-cuir amateur, aux
allures de sportsman.

— Messieurs, bonjour.

Démarquet, à peine assis, vit venir à lui

Lepassereau mystérieux et prudent, et le dialogue suivant s'engagea entre les deux copains :

— Où en êtes-vous avec Mme Cassin ?

— J'y renonce, mon cher.

— Bien vrai ?

— Absolument.

— Compris ! Du moment que vous fermez le robinet des confidences, ça veut dire que l'affaire est dans le sac. Tous les séducteurs ont de ces scrupules tardifs. Mais ce n'est pas à un jeune singe comme moi qu'on apprend à faire des grimaces. Eh bien ! mon cher, je serai moins discret que vous et félicitez-vous-en. Vous avez cocufié ce brave Tra-déri et il le sait !

Démarquet jouait avec un coupe-papier qui se brisa comme verre tout à coup.

— Lepassereau, expliquez moi.

L'autre s'éloignait en se dandinant.

— Lepassereau !

— Avouez vous ?

— Oui, j'avoue, mais vous comprendrez que...

— Parfaitement ! On est un galant homme.

Mais trêve de subtilités et laissez-moi faire.

Lepassereau retourna vers Cassin, lui offrit des cigarettes, fit le bon apôtre.

— On t'a fait de la peine, mon pauvre vieux, confie-moi ça, je suis ton ami, tu n'en doutes pas?

Ces manières-là avaient prise sur la nature sensible du bon Cassin.

Visiblement sa volonté de silence s'amollissait, son regard se noyait d'un attendrissement vague.

— Un bon mouvement, reprit Lepassereau, demi-affectueux, demi-gouailleur, je t'entr'ouvre mon gilet; verse, Tra-déri-déra, le trop-plein de ton cœur.

Cassin fouilla dans sa poche, en tira quelque chose de brillant qu'il mit dans le creux de sa main et dit :

— Voilà!

— Ça, dit Lepassereau, c'est un bouton de culotte, si je ne m'abuse.

— Oui, mais lis ce qui est écrit, sur ce bouton.

Lapassereau lut à mi-voix :

— Dusautoy.

— Dusautoy! parfaitement! Le tailleur de M. Démarquet! Or, sais-tu où j'ai trouvé ce bouton?

— Quand tu me l'auras dit, Tra-déri-déra, je le saurai.

— Dans ma chambre à coucher, c'est-à-dire dans celle de ma femme, car nous n'en avons qu'une.

— Pas possible! s'exclama Lepassereau.

— Ma parole.

— Ah! Elle est bien bonne! Non! mais elle est drôle! Ce que je me gondole! se mit à crier Lepassereau, en donnant force coups de poing sur le fauteuil de Cassin.

L'ayant ainsi ahuri, il le laissa seul, reprit sa place en continuant à rigoler tout haut et glissa silencieusement vers Démarquet un papier où il y avait ces quelques mots, obscurs autant qu'abracadabrants : « Passez-moi un de vos boutons de culotte, illico et sans qu'on vous voie! »

Sans comprendre, mais confiant en ce gavroche qui avait des instincts de Figaro, Démarquet s'exécuta.

Quelques instants plus tard, Lepassereau

rôdait autour de Tra-déri-déra et allongeait
la main vers la poche de son veston.

Après quoi, il s'assit près de son collègue,
et la mine confite, affecta de s'apitoyer sur sa
douleur :

— Et alors, mon pauvre Tra-déri, tu sup-
poses... tu t'imagines que cet infâme Démarquet a violé ton domicile? Elle est bien bonne,
tu sais! Veux-tu que nous l'interrogions?

Et aussitôt, il cria :

— Démarquet?

— Hein?

— Vous nous avez dit, l'autre jour, que vous
vous habilliez chez Dusautoy. Est-ce vrai?

C'est vrai.

— Très bien, monsieur, alors que faisiez-
vous, un de ces jours derniers, de ces soirs
peut-être, dans la chambre de l'honorable
M. Cassin, dit Tra-déri-déra, époux confiant,
mari fidèle? Ne riez pas, n'essayez pas de
vains détours. Nous avons une pièce à
conviction, une preuve matérielle de votre
crime; que dis-je? nous en avons une, nous
pourrions en avoir deux, s'il nous plaisait.
N'est-ce pas, Cassin? Montre.

Le commis d'ordre exhiba le bouton de culotte.

— Aussitôt Lepassereau changea de ton et, avec un air froid mais toujours blagueur, déclara :

— Pour moi, je suis bien étonné, mon cher collègue, que tu n'aies trouvé que celui-là.

— Parce que? demanda le naïf.

— Parce que, j'en avais mis deux, tout simplement.

— Où cela?

— Dans ta poche. Je pensais bien que l'un des deux tomberait chez toi, dans ta chambre ou dans ton salon, et que cela te mettrait une sacrée puce à l'oreille. Bien joué, qu'en dis-tu?

— Mauvaise farce, grommela Démarquet, sur un ton grave.

Mais Tra-déri ne paraissait convaincu qu'à demi et machinalement se fouillait. Soudain, il dénicha un autre bouton, le regarda avec curiosité, le compara au premier et sa figure rayonna.

— Mon cher M. Démarquet, dit-il, en s'avançant vers son collègue, veuillez accepter toutes mes excuses. Il est vrai que j'ai eu, durant un moment, de mauvaises pensées.

— Comment avez-vous pu croire? mon cher ami, riposta Démarquet, en tendant la main à Tra-déri : je vous aime beaucoup.

— Et moi aussi, monsieur Démarquet.

— Allons, embrassez-vous, leur cria Lepassereau, qui les poussait l'un vers l'autre.

— Et, quand il vit l'accolade, il s'écria :

— C'est bête, mais j'ai envie de pleurer! Qui est-ce qui me passe un mouchoir?

LE SOMNAMBULE

Au château de Beaugency, en Beauce, où il se rendait par le rapide, Karl Hogan, grand chasseur, espérait bien faire une chasse extraordinaire. Poil et plume, son ami Louis Grimal lui avait promis tout à foison. Cailles et perdrix rouges dans la plaine, lièvres au long des bois et lapins dans les fourrés. « Inutile même de prendre ton fusil et de te munir de cartouches ; j'ai tout ce qu'il faut chez moi, avait écrit Grimal, voire même plusieurs costumes de rechange. »

Hogan était un parfait égoïste qui aimait les aises. Hors sa malle, le moindre bagage supplémentaire, valise ou sac, l'emplissait d'horreur. Les offres de Grimal le ravirent. Il

les accepta et put ainsi n'emporter que vête-
ments, linge et objets de luxe.

Cela secondait en outre les plans de cet
homme indélicat, lequel se promettait bien de
chasser sur toutes les terres de son ami intime,
même celles où il était écrit : *Chasse réservée.*

Il avait gardé un charmant souvenir de la
jeune Mme Grimal, dans sa toilette blanche de
mariée. Comme elle était délicieusement
blonde et pudique, la jeune épousée, d'une
pudicité pimentée, si j'ose m'exprimer ainsi,
par l'incisif regard de deux yeux noirs comme
de la braise qui commence à rougir!

Dire qu'il était amoureux d'Hélène, ne
l'ayant vue que ce seul jour des noces, serait
peut-être excessif. Mais il avait pensé à elle
souvent, avec un vif, un très vif désir de la
revoir.

Les mois d'ailleurs s'étaient écoulés. Il y a
des lunes de miel qui durent moins longtemps, surtout à la campagne, dans un con-
tact de tous les instants. Quoi d'étonnant à ce
qu'une jolie femme ne s'ennuie un peu et
n'accueille avec joie, sinon à bras ouverts,
un ami de son mari, un Parisien élégant et

distingué? Or, Karl Hogan pouvait se flatter
d'être assez bien de sa personne. Son attente
ne fut pas déçue.

Ce bon et brave Grimal avait dit à Hélène :

— Chère petite femme, Karl est le premier
ami que nous recevons, je l'aime beaucoup. Je
ne veux pas qu'il croie que le mariage m'a
changé et, bien qu'il soit peu de chose maintenant pour moi, si je le compare à ma douce
chérie, j'entends l'accueillir avec toute la cor-
dialité désirable. Sois donc de ton côté aussi
aimable que possible.

Hélène avait répondu :

— Je ferai comme tu voudras, mon mari
bien-aimé.

Puis ils avaient profité de cela pour se bé-
coter. Tous les prétextes leur étaient bons, à
ces amoureux.

L'accueil fait à Hogan dépassa ses plus folles
espérances. Mme Grimal avait sur les lèvres
un ineffable sourire, dans les yeux une caresse,
dans la voix presque une promesse.

L'imagination du voyageur s'évertua éperdument. Le déjeuner fut plein d'entrain.
Hélène, zélée à exécuter le programme, riait

en montrant ses dents blanches au moindre propos de Karl.

— Elle me trouve infiniment spirituel, se dit-il.

Il aurait eu vraiment beaucoup de modestie à ne pas se monter la tête. Il n'eut pas ce mérite. Au dessert, il était convaincu que la femme de son ami était déjà folle de lui.

Et cela n'était pas si extravagant. Cet excellent Grimal s'était alourdi en son château. Il n'avait plus ni le chic, ni l'élégante minceur d'autrefois. Sa verve même avait tari.

Alors, en glissant un pied hardi du côté de la délicieuse jeune femme, Karl rencontra un autre pied nullement farouche. Ses yeux flamboyèrent. Le son de sa voix s'altéra dans son gosier desséché. Il était traversé d'une très forte émotion, visible à un œil exercé.

Grimal lui demanda :

— Qu'as-tu, cher ami?

— Rien, rien du tout. Pourquoi?

Et, en même temps, Grimal constata que pour se remettre sans doute un peu d'aplomb son ami écartait son pied. Alors le jeune châtelain ne s'en tint pas là. Ce fut lui qui alla

chercher le pied de l'ami félon. Il avait même
envie d'y appuyer un peu fort... fort à le faire
crier. Mais la plaisanterie eût été trop courte.
Mieux valait continuer à mystifier cet hôte
audacieux.

L'après-midi, ils chassèrent. Hogan aurait
bien volontiers laissé son ami se livrer seul à
cet exercice favori, mais Grimal ne le lâchait
pas d'une semelle. Il est vrai qu'en compensation il l'entretint bénévolement de sa
femme.

« Hélène avait maintes qualités. C'était une
très brillante nature. Malheureusement, elle
s'ennuyait dans ce château. Son amour n'était
pas suffisant pour peupler sa solitude. Il était
à craindre qu'un jour vînt, proche, peut-être,
où elle chercherait des diversions coupables. »

Cette consciencieuse calomnie acheva d'ex-
citer ce bon Karl. Plus de doute, Hélène avait
trouvé en lui la diversion attendue. Il n'y
avait qu'à marcher.

Il fut, pendant toute la chasse, abominablement distrait. Le gibier le trouvait toujours
au dépourvu. Les lièvres lui filaient dans les
jambes sans qu'il les vît. Les perdreaux, en

s'envolant avec leur grand bruit d'ailes, l'épou-
vantaient et il leur jetait ses deux coups de
fusil à la diable, sans en toucher un.

— Quelle mazette tu fais maintenant, mon
pauvre ami ! lui dit ironiquement Grimal.

— Je suis furieux contre moi, répondit
Hogan.

— Tu as l'air d'être ailleurs.

— Où veux-tu que je sois ?

— A Paris. Tu penses aux femmes.

— Tu te trompes.

— C'est toi qui me trompes.

— Comment cela ?

— En me cachant la vérité.

— Mais je te jure.

— Ça ne fait rien, va. Tes secrets t'appar-
tiennent et ne me regardent pas.

La marche à travers champs n'avait pas
fourbu l'ardeur de Karl. Il se montra au dîner
aussi entreprenant qu'au déjeuner... et le pied
d'Hélène continua à se laisser apprivoiser.

Entre temps, Grimal avait dit à sa femme
en l'embrassant, sans nul prétexte d'ailleurs :

— Je suis content de toi. Continue. Après le
dîner, je te laisserai seule et, si notre brave

ami te demandé quelque chose, quoi que ce soit, réponds-lui : « Tout ce que vous voudrez, monsieur. »

Cela ne manqua pas. Sous prétexte d'aller chercher un cigare, Louis Grimal passa dans son cabinet de travail, en lançant toutefois cette flèche du Parthe :

— Soyez sages, mes enfants : toi, Karl, ne fais pas la cour à ma femme, car je pourrais te voir, au travers de la glace sans tain.

Cet avertissement était voulu ; Grimal ne tenait pas du tout à ce que ce don Juan osât un geste douteux qui, lestement rabroué, aurait tout gâté. Il n'était pas fâché non plus de mettre sa femme hors d'une atteinte, même légère.

Dès qu'ils furent seuls, Hogan se pencha vers la jeune châtelaine et lui demanda :

— Puis-je frapper à votre porte, ce soir, vers minuit ?

Hélène rougit jusqu'aux cheveux ; mais, fidèle à la consigne, riposta :

— Tout ce que vous voudrez.

Vers dix heures, tous trois montèrent ensemble au premier. Dans le corridor, Louis dit à son ami, en lui désignant les portes :

— Ici, la lingerie ; là, les W. C., puis ma chambre ; puis celle de ma femme, séparée de la mienne par un petit salon.

Ces renseignements ne tombèrent pas dans l'oreille d'un sourd. Karl avait trouvé son chemin de Damas.

A minuit, il s'avançait à pas qu'il est convenu d'appeler « de loup », si tant est que ces animaux se promènent jamais dans les couloirs d'un château honorablement habité. Il n'eut pas même besoin de frapper à la porte de Mme Grimal.

Celle-ci avait évidemment compris que tout bruit serait dangereux. La porte n'était ni ouverte, ni fermée. Il pénétra sans encombre. Bientôt il fut au milieu de la chambre qu'éclairait opportunément, mais faiblement, un poétique rayon de lune, et il commençait de souhaiter un peu plus de lumière, quand, à souhait, il en fut inondé par une petite lanterne sourde, soudain délivrée de ses œillères. Et pas plus de petite femme que dans sa main ; mais, dans le lit, ô horreur ! son ami Grimal en personne.

Il ne parla point, se sentant aussi mort que vif.

Quant à l'excellent Louis, au lieu de massacrer son ami, il se contenta de murmurer :

— Ciel ! qu'allais-je faire ? Je croyais à un voleur et c'est un somnambule. Ce pauvre Karl est somnambule... Qui l'eût dit ?

L'autre ne se le fit pas répéter et, tel un somnambule, il s'en alla, d'un pas automatique et glissant.

Cependant, Grimal voulait que sa chère moitié fût tenue par tous en l'estime qu'elle méritait et, pas méchant, mais justement soucieux de la réputation d'Hélène, il sourit, le lendemain matin, à son ami en lui demandant :

— Tu as bien dormi ?

— Très bien, merci.

— Un conseil. Ne marche plus sur mon pied quand nous sommes à table, parce que ça te rend somnambule.

— Saperlotte, dit Karl qui ne se démontait pas facilement, c'est bien possible.

L'INJUSTE SOUPÇON

En suivant, cet après-midi-là, le Cours-la-Reine, Charles Bacot avait deux louis en poche et une idée fixe, celle de monter sur la tour Eiffel. Mais, pour que ses deux louis lui servissent vraiment à quelque chose, il n'y voulait pas monter seul, sur la tour.

Aussi bien se sentait-il des velléités amoureuses qui lui donnaient des hardiesses de page. Son ordinaire timidité s'en était allée rejoindre les vieilles lunes. Toute femme un peu désirable était l'objet de sa convoitise. Il la dévisageait. Pourtant, quelques-unes passèrent qu'il n'osa aborder. Elles ne l'y avaient pas invité suffisamment.

13

Il se décida enfin à suivre une jeune personne dont le dandinement rappelait le roulis d'une yole et le brun regard un feu de braises qui s'allume.

La vue du pont de l'Alma fouetta l'héroïsme de Bacot. Au moment où Mlle Irma jetait par-dessus son épaule un coup d'œil indiscret, Bacot était sur ses talons. Il salua fort congru-ment cette fille d'Ève — et la conversation s'engagea.

— Vous allez loin, mademoiselle?

— A Grenelle, monsieur, et vous?

— Moi, balbutia Bacot, je vais… je ne sais pas, je vais où vous allez, si vous le per-mettez.

— Faites, monsieur.

— Cependant j'avais une idée.

Il montra du doigt le gigantesque chande-lier de fer.

— Je n'y ai jamais monté, dit-elle.

— Vraiment? ni moi non plus et, si vous vouliez?

— Comment donc! Je verrai un autre jour ma cousine de Grenelle.

Dix minutes après, Charles Bacot et sa con-

quête étaient dans l'ascenseur, tous deux ravis.

L'audacieux profitait lâchement de l'incli-
naison de cette boîte vitrée pour s'appuyer
contre la bonne Irma et étudier d'une main
subreptice l'anatomie du corps féminin. Cette
exploration lui faisant passer quelques fris-
sons sous la peau, la jeune femme finit par se
trémousser visiblement, au grand scandale
d'une paire d'Anglais qui voyageaient pour
s'instruire, non pour voir les autres se distraire.

Ils visitèrent la première plate-forme en détail et se firent hisser jusqu'au faîte. Charles,
qui, dans sa jeunesse, avait maintes fois
grimpé à la cime des peupliers pour dénicher
des pies, résistait admirablement au vertige;
mais Irma avait un trac abominable. Elle fut
enchantée toutefois de découvrir Grenelle si
infime et les lointains faubourgs.

Les souvenirs qu'on vend là-haut sous
forme de bibelots divers, sinon différents,
l'incitèrent au goût de la propriété.

Le généreux Bacot lui acheta plusieurs objets de papeterie dont elle devait faire d'ail-

leurs un usage modéré. Et, avant de descendre, ils mirent dans la boîte aérienne une carte postale symbolique. Ce fut, en un mot, une après-midi charmante.

Un bon dîner acheva la journée. Irma connaissait dans les environs un restaurant où « l'on était bien ». Ils y mangèrent, dans la salle commune ; mais il était visible que les clients n'étaient pas bégueules. Charles fourrageait avec ses jambes dans les jambes de sa campagne. Il se trompa de verre et elle but aussi dans le sien.

Au dessert, il quitta sa chaise, s'assit sur la banquette à côté d'Irma, passant un bras autour de sa taille, et écouta ses confidences. Elle lui fit sa biographie, biographie mensongère sans doute, enjolivée et dramatisée. S'il n'y prit pas un plaisir extrême, il y prêta une attention obligeante et suffisamment flatteuse. Irma le trouvait fort bien élevé.

Quand elle eut vidé son cœur, la bavarde Irma voulut prendre l'air. Ils sortirent du restaurant. La soirée était ce qu'on appelle magnifique. Les étoiles brillaient au firmament comme dans les romances. L'air était tiède, mais non parfumé. A cela près, il aurait fallu avoir un cœur de momie embaumée depuis quarante siècles, pour n'être pas saisi d'un attendrissement incommensurable, devant l'œuvre du Créateur.

Une promenade au bois dans un sapin découvert s'imposait. Irma l'insinua sans ambages au fastueux Bacot. Lui, dont le gousset commençait à se vider comme un pot d'eau fêlé, aurait plus volontiers passé immédiatement à d'autres exercices. Malheureusement, il ne savait pas refuser.

Pendant trois heures, ils déambulèrent presque sans discontinuer. Deux stations, l'une au Pavillon Chinois, l'autre à Ermenonville, réduisirent les deux louis de Bacot à une très simple expression. Quand la voiture fut soldée, ils n'étaient plus représentés que par quatre francs trente-cinq centimes.

Le jeune homme estimait qu'il serait peut-être indiscret d'offrir une aussi modeste somme à une aimable enfant, en échange de ses plus intimes faveurs. Il était navré. Il avait obtenu de sa compagne, grâce aux ombres propices du Bois de Boulogne, juste ce qu'il

faut pour en désirer impérieusement davantage.

La situation était — comment dirais-je? —
tendue. Il n'eut même plus à hésiter, quand
il constata que le cocher, auquel Irma avait
elle-même donné l'adresse pour le retour, les
avait arrêtés devant un hôtel meublé de l'ave-
nue Bosquet, Irma en expliqua la raison. Elle
ne demeurait pas loin de là; mais elle ne
pouvait recevoir chez elle, à cause de son
amant.

L'hôtel restait donc à payer. Cette obligation
mettrait tout à fait à sec la fortune de l'infor-
tuné Bacot. Il prit l'honnête parti de s'en ouvrir à Irma.

Celle-ci tout d'abord se fâcha:

— Ah! s'écria-t-elle, avec un rire imperti-
nent, faut pas me la faire: je la connais.

— Mais, chère Irma!

— Vous voudriez avoir ça à l'œil?

— Chère Irma!

— Un truc, votre soi-disant panne.

— Irma, puisque je veux bien m'en aller,
puisque je ne vous demande rien!

De ce désintéressement, la fille fut toute secouée. Puis il avait été gentil, ce garçon et, de plus, il n'était pas mal de sa personne.

— Eh bien ! monte tout de même ! dit-elle.

Il hésita, pris de scrupule.

— Faut-il que je te force, à présent ?

— Je consens, dit-il, seulement, je t'apporterai de l'argent un autre jour, demain...

— C'est bien ! Va, monte !

Il céda et n'eut pas lieu de s'en repentir. Sans doute parce qu'elle se payait le luxe d'un amant pour rien, pour le plaisir, Irma lui en donna à tire-larigot et en prit elle-même pareillement sans compter.

Le résultat de cette acrobatie amoureuse fut qu'à l'aube ils avaient furieusement envie de dormir, l'un et l'autre.

Le désenlacement définitif eut lieu et Bacot se réveilla si tard qu'il n'eut que le temps de s'habiller pour arriver à une heure décente à la maison de commerce où il était employé.

Il avait laissé sa compagne de nuit dans les bras d'Orphée, comme disaient les Grecs — on connaît ses classiques — de sorte qu'il ne savait pas l'adresse d'Irma. Cependant, comme il s'estimait le débiteur de cette maitresse de hasard, il résolut de la retrouver.

Le soir même, il tomba chez moi et m'expliqua son affaire.

— Mon Dieu! lui dis-je, il ne faudrait pas vous croire déshonoré, si vous n'alliez pas lui porter le louis que vous lui destinez.

— J'ai promis, j'y tiens, répondit-il. Elle demeure dans les parages de l'École militaire; venez à sa recherche avec moi : vous me rendrez service.

— Allons !

Nous explorâmes tout le quartier, fouillâmes les cafés. Vers minuit, mon ami Charles reconnut son Irma dans une brasserie douteusement achalandée. Une autre femme, assise près d'elle, sirotait un café.

— Comment ! c'est toi ! s'écria Irma.

Elle n'en croyait ni ses yeux ni ses oreilles, quand il lui glissa les vingt francs dans la main, en lui disant que tel était le but de l'odyssée à laquelle nous nous livrions, lui et moi, depuis neuf heures du soir.

Du coup, elle ne voulait plus le lâcher.

— Tu restes ce soir, pas ?

— Non, impossible.

— Tu me fais de la peine.

— Je le regrette bien, dit sincèrement, simplement, ce brave Bacot.

Nous offrîmes une consommation à ces
dames et nous partîmes.

Mais, comme je revenais sur mes pas, ayant
oublié ma canne, je vis Irma qui faisait danser
les vingt francs dans le creux de sa main en
disant à sa compagne :

— Regarde, un vrai louis de vingt francs !

— Épatant ! s'exclamait l'autre.

— Pour moi, reprit Irma, pas possible !
C't' homme-là, il est de la police !

BONNE FORTUNE

— C'était, l'autre soir, entre onze heures et minuit, à la gare du Nord, nous dit au fumoir le jeune baron d'Hourdain. J'attendais une mienne amie, en villégiature depuis quinze jours et que me devait ramener le rapide de Boulogne. Le train avait un retard sérieux, — quarante minutes au moins — et je commençais à en avoir assez, de contempler les affiches-réclames qui tapissent les murs, les transparents lumineux qui proclament les heures des correspondances des tramways et les disques...

— Nous te faisons grâce des descriptions, baron. Finalement, le train arrive, n'est-ce pas?

— Il finit par arriver, en effet ; mais j'étais
à bout de patience et de crainte aussi. J'avais
je ne sais quel pressentiment qu'Elle ne vien-
drait pas et ma fidélité, ma continence commençaient à me peser. Bref, les voyageurs
descendent, les uns rapides, passant sans
halte au contrôle de l'octroi ; les autres alour-
dis par le poids des valises, suspectés par la
douane et mécontents, dans leur impatience,
de ces formalités, après le retard subi déjà.
La plupart avaient trouvé qui un ami, qui un
parent venu au-devant de lui. Quelques retar-
dataires s'égrenaient encore le long du train.
La sachant leste comme un oiseau, je n'espé-
rais plus ; je demeurais là, je ne sais pourquoi,
par acquit de conscience, désappointé, navré
et furieux. Et j'allais regagner mon logis solitaire, ma couche vide, quand mes yeux tombèrent sur une jeune personne d'aspect modeste, s'entêtant comme moi dans une attente
devenue absurde.

C'était, à la vérité, une blonde pas extraordinaire, aux cheveux ordonnés, aux traits
assez fins, sans aucun signe particulier, si
ce n'est cet air dit « comme il faut », cet

air bourgeois qui plaît en pareille aventure.

— Et ton tortil, baron, vas-tu le prostituer?

— J'étais veuf depuis quinze jours, mes chers amis, songez-y, et mon inconnue avait au moins, parmi ses ancêtres, de la noblesse de robe. Quoi qu'il en soit, je l'abordai avec les marques du respect le plus sincère.

— Madame, lui dis-je, je puis, sans trop d'indiscrétion, imaginer que vous attendiez quelqu'un.

— J'attendais, oui, monsieur.

— Et, comme pour moi, on n'est pas venu. Notre malheur est commun, peut-être n'est-il pas irréparable!

La jeune femme me toisa sans répondre.

Évidemment, j'étais allé trop loin. Elle pensait à se fâcher.

— Ne voyez, repris-je, aucune intention blessante dans mes paroles, aucune arrière-pensée.

Pas de réponse, mais toujours ce même regard froid et inquisiteur.

— Vous m'en voulez? fis-je d'un ton câlin.

Cette fois, elle sourit en haussant les épaules:

— Pas du tout.

Oh ! elle n'était pas si farouche qu'elle en avait l'air. Je m'enhardis.

— La personne que vous attendiez était-elle jeune ou vieille ? dites-moi.

— Je n'en sais rien.

Je me mordis la langue. Cette réponse était une leçon, bien sûr.

— Pardon, madame, ça ne me regarde pas, il est évident que je suis inepte de vous adresser de telles questions. Je ne le ferai plus. Permettez-moi seulement de vous accompagner.

Nous sortîmes de la gare.

Je repris, gêné par son mutisme :

— Ça ne vous contrarie pas au moins ?

— La rue est à tout le monde.

La trivialité de cette réplique ne me déconcerta point. Je n'avais que ce que je méritais, après tout.

— Quel crampon, cet être ! devait-elle murmurer.

Je me trouvais assez niais, mais il était trop tard pour reculer, puis cette peu bavarde personne avait une façon de vous regarder, un

coup d'œil de coin qui m'avait d'abord intrigué, qui, maintenant, avec les rondeurs
accusées d'une poitrine nullement indigente,
allumait en moi de profanes désirs.

— Voulez-vous, dis-je, que nous allions
faire un tour dans mon quartier ?

— Où est-ce, votre quartier ?

— Ah ! voilà, c'est un endroit un peu
bruyant ; mais, à cette époque-ci de l'année,
les étudiants ne sont pas nombreux.

— Le boulevard de Bullier, alors !

O candeur ! Ce bal, d'ailleurs quelque peu
désuet, synthétisait, dans son imagination féminine, toute l'horreur du quartier Latin.

— Vous brûlez, repris-je, mais nous n'allons
pas si loin : à l'entrée du boulevard Saint-Michel seulement.

Encore une fois je remarquai qu'elle me
considérait avec attention. J'avais fait un
brin de toilette. Je n'étais pas en habit, mais
mon gilet blanc et mes escarpins vernis durent
lui ôter tout soupçon que je fusse un cam-
brioleur.

— Soit, dit-elle délibérément, je vous suis.

Un fiacre nous transporta de l'autre côté de

l'eau. Mon bras glissé subrepticement derrière
la taille soutenait le buste opulent de ma
compagne. L'agréable sentation qui me péné-
trait s'aiguisait du coupable plaisir d'enlever
au devoir une honnête personne, une épouse
jusque-là fidèle peut-être, une mère de famille. Je n'avais pas vaincu encore, mais je
sentais en moi l'ardeur confiante qui fait les
conquérants, assure le triomphe.

J'arrêtai ma voiture au café des Thermes.
Dans un coin de l'établissement presque dé-
sert, j'offris des boissons chaudes acceptées de
bonne grâce. Mon inconnue s'appelait Adèle.
Elle consentit à me faire cette confidence.
Donc Adèle, après avoir bu, daigna manger
quelques sandwiches. Elle était charmante.

— Vous êtes gentille comme tout ! m'é-
criai-je, sur un ton lyrique.

A cette déclaration qu'elle accueillit en mi-
naudant, elle répondit:

— Vous serez gentil aussi, vous?

— Oh ! vous n'avez rien à craindre, dis-je
impétueusement : vous avez affaire à un
homme du monde.

Elle parut rassurée, et, d'un air guilleret;

— Nous partons ?

— Vous me permettrez de vous montrer mon chez-moi ? C'est assez coquet, vous en jugerez.

— Comme vous voudrez.

— Ange ! merci !

Nous nous transportâmes place Saint-Michel. La main dans la main, nous montâmes au second, où, comme vous savez, je demeure. Le luxe des tapis et des tentures parut éblouir un peu ma conquête. Ses yeux s'écarquillèrent, ravis.

Je songeais :

— Il y aura d'autres surprises encore pour toi, cette nuit, naïve enfant. Nous sortirons des sentiers battus. Je veux t'initier aux joies voluptueuses qu'un mari routinier t'a laissé ignorer.

Je ne m'étais pas trompé. Adèle était un être passif, fermé aux délices de la passion, si passif et si fermé qu'après un premier acte de mutuelle confiance, la voyant s'endormir, je respectai son sommeil. Il convenait de la ménager, de lui ouvrir progressivement les portes des paradis défendus. Je me réservai

14

pour de matineux ébats. Hélas ! les premiers
feux de l'aurore éteignirent les miens. Ma
tendre amie m'apparut très fatiguée et affreu-
sement teinte. Elle dormit jusqu'à neuf
heures, et, dès qu'elle fut éveillée, se montra
très empressée... à partir.

Galamment, je l'aidai à s'habiller... Elle me
remercia en m'affublant de tous les noms
d'animaux qu'elle connaissait. J'y restai insensible. Ses dessous n'étaient certainement pas
blanchis à Londres et ne l'étaient même pas
souvent à Paris. Sans doute, la situation était
précaire, les enfants à nourrir nombreux, le
mari ivrogne, que sais-je ? Quel biais trouver
pour la prier d'accepter une petite indemnité
de déplacement ? J'hésitai et pourtant elle paraissait attendre. Soudain elle avança une
main arrondie, la paume creusée.

— Voyons, dit-elle, mon rat, je suis pres-
sée : fais-moi mon petit cadeau.

Je devais avoir l'air très ahuri, mais elle
continua :

— Et puis sois chic, n'est-ce pas ? J'ai eu
confiance en toi : je ne t'ai pas fait payer d'a-
vance.

LA CAFETIÈRE

En quittant La Fère et le 117ᵉ d'artillerie, Dusolier dit à son camarade Léon Brincart :

— Si tu veux suivre mon conseil, je te promets un bon moment dans ce trou pour tes débuts amoureux. Fréquente, pendant deux ou trois après-midi, le café des *Rois-Mages*; n'oublie pas d'y regarder la patronne ; elle vaut le coup d'œil. Le siège commencé, vas-y tard, un soir, paie-toi la tête de quelques indigènes qui jouent à la manille à gauche du comptoir et attends minuit. A minuit, lève-toi pour partir et écoute le garçon.

Le lieutenant Brincart ne put tirer autre chose de son ami ; mais comme il le savait habile et intelligent, il lui obéit aveuglément.

Dès le premier jour, du reste, il trouva fort à son goût la jolie cafetière. Elle avait, cette blonde aux yeux de gazelle mourante, je ne sais quoi de provocant dans sa nonchalance. Les consommateurs du café des *Rois-Mages* ne venaient que pour elle, c'était visible, clients assidus et amoureux que Mme Alice Loiseau récompensait d'un sourire caressant, d'une poignée de main fluide, d'une brève halte à leur table, frôlant chacun d'eux tour à tour de sa manche pagode. Vers dix heures du soir, un silence presque religieux régnait dans le long quadrilatère que formait le café, situé au bout de la ville, entre deux rues, ce qui lui donnait deux entrées. Les seuls habitués l'achalandaient et s'attardaient à la manille ou au billard. Aussi tout nouveau venu était-il dévisagé et examiné des pieds à la tête et sa présence était le plus souvent expliquée par des commentaires dont la vertu de la patronne faisait les frais.

Ce fut le cas de Brincart que le voisinage de quatre bons bourgeois commerçants du cru ne semblait nullement gêner en sa

contemplation des charmes troublants de
Mme Alice.

Eux n'étaient pas contents; c'étaient l'huis-
sier Cassette, Druot, le marchand de fer, le
potard Dubouloi et Baudry, le percepteur,
qui avait l'air le plus bête des quatre et le
plus furieux.

Il y avait des mois qu'il visait la patronne
des *Rois-Mages*, sans avoir reçu d'elle le
moindre encouragement à une tentative au-
dacieuse. La présence obstinée du lieutenant
le mit hors de lui, d'autant plus que Brincart
était joli garçon.

— Est-ce que ce clampin va coucher ici?
dit-il à son ami Druot.

Il ne croyait pas si bien dire. Cela se rap-
prochait sensiblement du but de l'officier
dont les yeux s'attachaient à ceux d'Alice avec
une insolente tendresse d'homme qui ne cèle
pas son désir et a conscience de son pouvoir.
Il avait tout de suite compris que la place était
prenable. La chronique scandaleuse attri-
buait à Mme Loiseau quatre amants par an, ce
qui faisait un par trimestre, à supposer que
cette veuve mît tant de régularité dans ses

irrégulières amours. Or, disait-on, il y avait
trois mois que durait sa liaison avec un officier du 174e de ligne. L'heure du changement
de corps avait sonné.

Brincart en était si convaincu qu'il commençait de trouver absurde le conseil de son
ami Dusolier. Partir le dernier lui semblait
le seul moyen d'aboutir vite et bien, tandis
qu'il risquait, en se retirant à minuit, d'abandonner la place au quatuor triomphant. Celui-
ci ne paraissait pas disposé à déguerpir. Les
bocks succédaient aux bocks, les soucoupes
montaient en vertigineuse pyramide sur la
table de marbre.

Mme Alice, apparemment impassible et
absorbée par la lecture d'un roman, ne per-
dait aucun mouvement des... assiégeants. Au
moindre geste de l'un d'eux, elle appuyait,
sans lever la tête, sur le timbre et le client
voyait accourir le garçon empressé. Elle était
d'une dissimulation adorable que le lieutenant jugeait de bon augure.

Mais voilà qu'un peu avant minuit elle descendit les deux marches du comptoir et se di-
rigea vers ses clients. Elle s'arrêta, alanguie

et familière, près du quatuor, une main appuyée à la chaise du percepteur. Elle observa la partie de manille, exprima son avis, laissa tomber un conseil de ses belles lèvres, qui faisaient la moue coquettement, puis, se retournant, elle caressa de son regard mourant le regard de Brincart, et, très bas, sans s'arrêter, elle dit : « Vous écouterez ce que vous conseillera le garçon. » Et elle regagna sa place, de sa toujours même allure voluptueuse et lasse.

Cette fois, le lieutenant restait convaincu que l'ami Dusolier l'avait mis dans la bonne voie. Cette phrase mystérieuse, elle lui avait été dite déjà. C'était la clé du mystère. Il n'y avait plus qu'à attendre la douzième heure.

L'impatient soldat, que la serpentine démarche de la jeune veuve excitait passablement, vécut les quelques minutes qui le séparaient de minuit, le regard sur le cadran. Cependant, l'un des garçons était allé se coucher, l'autre accrochait les volets de la fermeture. Lui, Brincart, serra son ceinturon, décrocha son képi et avança sur la table, avec un large pourboire, le montant de ses consommations.

Aussi, quand frappa le douzième coup, n'avait-il plus qu'à se lever pour partir. Il se dressa, avec une grande émotion, enveloppa d'un coup d'œil inquiet la table des indigènes et tourna sur les talons.

Alors une voix s'éleva, du fond du café, celle du garçon, très claire, très naturelle : « Monsieur, vous avez une sortie par ici. » Il suivit sans observation la route indiquée, jusqu'à ce qu'une porte lui barrât le passage ; mais il n'en trouva point.

Au bout d'un corridor assez tortueux, une main de femme saisit sa main. Il se retourna et reconnut Mme Loiseau, laquelle, tout près de l'oreille, lui murmura, tandis que doucement elle le poussait vers ses appartements :

— A moins que vous ne soyez pressé de sortir, mon lieutenant, prenez donc la peine d'entrer ici !

Et Brincart ne se le fit pas dire deux fois.

LA DOUCE RÉPARATION

Mme Mourand sortit de chez elle vers trois heures, pour se rendre à la poste de la rue Milton. Bien qu'elle ne jetât aux magasins et n'accordât aux passants qu'un regard furtif, il y avait, dans sa démarche molle et presque lente, dans le presque abandon de sa jolie tête inclinée un peu sur l'épaule, une expression d'ennui, ou tout au moins un air de flânerie qui contrastait avec l'ordinaire allure d'une bourgeoise, seule, par les rues de Paris.

D'abord elle prit un chemin d'écolier. Au lieu de remonter le faubourg Poissonnière, pour gagner la rue Lafayette, elle descendit vers les grands boulevards, jusqu'à la rue

Drouot. Craignait-elle d'être suivie? Voulait-elle dépister les curieux ou les indiscrets qui l'eussent vue sortir? C'était peu probable : elle ne se glissait pas dans la foule comme une anguille dans l'eau, ne regardait pas dans les glaces des devantures et au coin de la rue, ne jeta derrière elle aucun coup d'œil inquiet.

Nul n'aurait soupçonné que cette élégante jeune femme se dirigeait vers un rendez-vous d'amour, car ne peut-on désigner ainsi le fait, pour une épouse, d'aller chercher les lettres d'un amant?

Déjà loin, hélas! le temps où, fébrile, tremblante, le cœur dans une étreinte délicieuse, elle hâtait le pas vers cette même poste de la rue Milton, où, d'une voix blanche, perceptible à peine, elle interrogeait l'employé : « Monsieur, avez-vous une lettre aux initiales G.M.? » Avec quelle tristesse, quel recroquevillement de tout son être, elle se retirait, si on lui répondait : « Il n'y a rien, madame! » Comme elle se reprochait son impatience ! L'aimé n'avait pas encore eu le temps d'écrire ou la lettre avait subi quelque retard. Que faire? Il fallait attendre au lendemain, car

elle n'oserait revenir dans la soirée du même
jour.

Mais si, comme il arrivait le plus souvent,
on lui remettait l'heureuse missive, elle l'em-
portait comme une relique, la cachait, se ré-
fugiait, pour la lire, au fond du square Mon-
tholon, n'ayant pas la patience d'attendre
plus longtemps. Elle lisait, du reste, non
pas une fois, mais dix fois, vingt fois les
longues pages amoureures, s'enivrait de leur
doux et brûlant poison.

Marthe alors souffrait d'une chère souffrance, comptait les heures qui la séparaient
de leur prochaine rencontre.

Elles étaient trop rares, au gré de son désir,
ces rencontres! Georges Malouin disposait
difficilement de ses après-midi, tandis qu'elle
n'était libre jamais, de ses soirées.

Leurs étreintes étaient d'autant plus passion-
nées, leurs baisers d'autant plus ardents, leurs
serments d'autant plus fougueux. Tout cela
pourtant avait changé. Georges, s'exaltant de
plus en plus, lui avait proposé de fuir et elle
avait refusé, à cause de sa fille... un peu à
cause de son mari, très bon, qu'elle consen-

tait à tromper, qu'elle répugnait à faire souffrir. L'amant s'était irrité. Son amour était devenu âpre, violent, tourmenteur. Il était jaloux.

Au refus de Marthe, il donna des explications offensantes. Elle en aimait un autre et c'était pour cet autre, cet inconnu ce rival, qu'elle voulait rester. Cette injure mit la jeune femme en un tel état d'indignation et de douleur qu'il se rétracta, demanda et obtint son pardon. Mais bientôt, par insinuations, Georges revint à l'aveu du même soupçon, et de la même défiance. Il salit et tortura l'idole.

Marthe s'aperçut que son amant la suivait, interrogeait ses amis, se livrait, sur elle, sur sa conduite, à une inquisition constante. Les scènes entre eux se multiplièrent, s'aggravèrent. Ce fut un enfer. Marthe voulut la séparation. Georges s'accrocha suppliant. Il l'aimait toujours, il l'aimait trop. Elle demeura sa maîtresse par pitié.

Mais ils ne se voyaient presque plus. Elle n'écrivait point et laissait s'accumuler, rue Milton, les lettres poste restante. C'était pour elle maintenant un ennui de les aller quérir, un ennui de les lire.

Ce jour-là, l'employé lui en remit quatre en même temps, de ces lettres G. M. Elle les ouvrit négligemment. L'une d'elles la frappa. L'écriture de Georges était changée ; dès les premiers mots aussi, elle comprit qu'il y avait erreur. Elle examina l'enveloppe. Aux initiales s'ajoutait un chiffre : n° 17, que l'employé n'avait pas vu.

Que faire ? Rendre cette lettre ouverte, cette lettre confidentielle, naturellement, c'était délicat. Ce serait aussi une cause de désagrément pour tous, pour le commis qui recevrait un blâme de ses chefs et pour les intéressés qui apprendraient que leur secret avait passé par plusieurs mains.

Le plus simple parut, à cette fille d'Ève qu'était Mme Morand, de lire cette lettre. Cela lui permettrait de mieux voir ce qui convenait en cette occurrence. Dirai-je qu'elle prit cette détermination sans trop de déplaisir et qu'elle trouva trop courtes les six pages de tendresses qui ne lui étaient pas adressées ?

L'autre amoureux inconnu se plaignait lui
aussi de l'amante, mais sur un ton si respectueux et si caressant! Ils étaient restés
dans les sphères platoniques. Il voulait l'attirer dans un domaine moins éthéré et priait,
et suppliait, avec des mots délicieux, qu'on
voulût bien lui faire une visite, si courte dût-
elle être! Il attendrait toute la journée encore, jusqu'à six heures, la radieuse venue
qui devait transformer en paradis terrestre
son modeste logis.

Marthe fut profondément touchée par la
prière savoureuse que ce pauvre jeune
homme adressait à une cruelle. Elle fut aussi
contrariée. En vain, cette fois encore, il attendrait la *chère aimée*, comme il disait
dans sa lettre, puisque la prière n'arriverait
pas jusqu'à elle.

Comme le charmant amoureux (pouvait-
il ne pas être charmant?) signait bravement
et donnait son adresse, elle résolut d'aller lui
porter ses regrets et ses excuses. Il demeurait à deux pas, rue Bleue ; rien n'était plus
facile. Et, s'il le fallait, elle saurait bien, avec
de berceuses paroles, le consoler un peu.

Œuvre pie que celle-là. Le visage rayonnant, elle s'élança vers le but.

A son coup de sonnette, on se précipita vers la porte. L'expression soudainement décontenancée du maître de céans amusa Marthe.

— Monsieur, lui dit-elle, de sa voix fine, Mme G.-M. que vous attendez ne peut venir et je me présente à vous pour vous en expliquer la raison.

Aussitôt le jeune homme s'effaça, puis s'empressa. Mme Mourand constata qu'il la recevait comme une envoyée de l'ange du ciel. Qu'eût-ce été si l'ange était venu lui-même?

Elle expliqua donc la méprise, dit sa confusion, minauda un peu peut-être. C'est que Henri Farman, grand et blond, était d'une distinction supérieure. Ses yeux bleus souriaient de façon suave. Un charme impérieux se dégageait de tout son être.

— Vous me pardonnerez, monsieur, mon indiscrétion? demanda Marthe.

— Non seulement je vous pardonne, madame, mais je vous en remercie. Cette malheureuse lettre ne pouvait mieux tomber

qu'entre vos mains. La cruelle ne serait pas
venue. Ces fleurs (et il montra son salon
transformé en jardin d'hiver) se seraient
fanées sans qu'elle en respirât le parfum ; et
vous êtes venue, vous que je sens si bonne, si
compatissante, distraire ma peine, enchanter
ce lieu et aussi l'embellir, car vous êtes belle
et je suis pénétré d'une admiration, d'une
émotion sacrée en vous contemplant.

Il se mit à genoux et lui prit les mains pour
l'adorer comme une divinité, et bientôt les
baisa avec ferveur.

— Quoi ! dit-elle, et votre amie ?

— Elle est le rêve, répondit Farman, et
vous êtes la réalité.

Marthe sourit :

— Enfant ! fit-elle.

Mais, comme il ne se haussait pas et demeurait en extase, elle abaissa ses lèvres vers
sa bouche.

MADAME JUTAL

Ollagnier savait, par son collègue et ami Charles Jutal, que Mme Jutal prenait ce jour-là, le train de dix heures pour le Vésinet. Tout de suite flairant une aventure, peut-être une bonne fortune, il s'était octroyé une journée de congé.

Le matin, il soigna tout particulièrement sa toilette, parfuma l'eau de son tub, se fit une raie irréprochable, lissa ses cheveux et roula sa moustache au fer.

Il se croyait ainsi irrésistible et n'avait pas tout à fait tort. Les femmes ne détestent pas ces beaux bruns, bien musclés, mais aussi bien pommadés, aux dents blanches sans

15

cesse exhibées dans un sourire voulu et fat,
têtes de garçon coiffeur.

Le kyrielle était longue de celles que Louis
Ollagnier avait conquises ou dédaignées : un
vrai bourreau des cœurs, quoi !

Il se rendit donc à la gare Saint-Lazare et
attendit Mme Jutal. Il la connaissait pour
l'avoir vue à une ou deux soirées officielles.
C'était une petite blonde potelée et fade, au
regard langoureux et d'une nonchalance de
gestes caressante. Elle avait un parler lent,
mièvre, entrecoupé de soupirs.

A première vue, Ollagnier, habitué à vaincre, s'était dit :

— Cette femme sera à moi, quand je vou-
drai.

L'occasion toutefois avait tardé. Elle s'offrait, ce matin-là : il la saisissait.

Madeleine Jutal arriva quelques minutes
avant dix heures et trouva dans la salle d'attente le collègue de son mari.

Ollagnier salua et fit la roue.

— Surpris et ravi, madame ; vous prenez
ce train ?

— Oui, monsieur, je me rends au Vésinet.

où nous avons une propriété. Les vacances de mon mari approchent et je vais voir si la maison est toujours à sa place. Nous avons l'habitude d'y séjourner pendant son congé.

— Voulez-vous me permettre, madame, de vous accompagner ? demanda Ollagnier.

— Certainement, monsieur, si c'est votre chemin.

— J'allais à Saint-Germain, où se meurt un de mes oncles, mais je crois qu'il en a encore pour deux ou trois jours, et, comme je n'ai jamais vu le Vésinet, je serai enchanté de le visiter sous vos auspices.

— Comme vous voudrez, monsieur.

— Décidément, se dit Ollagnier, la femme de mon collègue et ami est charmante. Je crois que nous ne tarderons pas à nous entendre. Je suis en bonne voie.

Il était dans une voie d'autant meilleure que sa belle moustache cirée avait fait une favorable impression sur la sensible Mme Jutal. C'était, en outre, une excellente personne, dénuée de volonté et de sens moral. Tous les beaux hommes la tentaient. Elle trouvait la force de leur résister, non dans

le souci de sa propre estime, mais dans la
crainte des on-dit, des bavardages et de la
colère vengeresse de son mari.

Et encore tous ceux qui avaient su s'y prendre avaient-ils triomphé de ces hésitations.
Étant dévote, elle avait, du côté du ciel,
quelque scrupule, mais avait trouvé un ac-
commodement. Elle assistait à la messe deux
fois par semaine, au lieu d'une, qui est,
seule, obligatoire. Elle offrait ce supplément
à Dieu pour ses péchés.

Dans le compartiment de première où ils
se trouvaient seuls, Ollagnier se montra fort
entreprenant. Il détailla la femme de son
collègue, l'inventoria avec beaucoup de paroles câlines.

Ayant admiré la main et l'attache du poi-
gnet, mis un baiser sur le bras, il ne pouvait
moins faire que de s'extasier devant le pied
si mignon, le cou de pied si cambré, la cheville si fine. La naissance du mollet aussi le
transporta. Il voulut voir et vit la jambe jusqu'au genou.

Mais il ne put ascensionner davantage.
Mme Jutal lui donna une petite tape avec le

manche de son ombrelle. Justement la tête
du contrôleur s'encadrait dans la portière. Il
fallut exhiber les billets.

Quand l'employé fut parti, Mme Jutal dit
sévèrement :

— J'espère, maintenant, que vous allez vous
tenir tranquille. Vous voyez ce qui a failli arriver. Peut-être même vous a-t-on vu.

Ollagnier répondit sans s'émouvoir :

— Les employés ne font pas attention à
cela : ils y sont habitués.

— Vous croyez ?

— J'en suis sûr, madame, les chemins de
fer ne sont pas faits pour les voyageurs, c'est-
à-dire pour des gens qui ont besoin de se
transporter d'un point à un autre, mais pour
permettre aux amoureux de se rencontrer et
de s'isoler.

— Vous plaisantez.

— Je parle des trains de banlieue, ajouta
Ollagnier. Il se peut que, sur les autres lignes
il y ait vraiment des gens qui partent ou qui
rentrent.

— A la bonne heure.

Cette concession parut conquérir tout à fait

à Ollagnier la confiance de Mme Jutal. Elle sourit, trouvant à ce jeune homme beaucoup d'esprit.

Ils avaient encore un petit quart d'heure avant d'arriver au Vésinet. Ils l'employèrent à parler de l'absent, de Jutal, et ils en dirent beaucoup de bien. Ollagnier ne le cacha point : il avait pour son collègue une grande estime. Madeleine confessa que son mari l'avait toujours entourée de soins et d'amour. Elle lui en était très reconnaissante et l'aimait de toute son âme.

Après cette déclaration, Ollagnier fut un peu démonté.

— Elle paraît sincère, se dit-il ; mais alors elle se moque de moi, elle m'aguiche, elle m'allume, pour me glisser tantôt dans les mains. Pas de ça, Lisette.

Il résolut de ne pas perdre de temps.

Au Vésinet, Mme Jutal se laissa accompagner. Ils descendirent ensemble jusqu'à la villa et la visitèrent de la cave au grenier. L'hiver avait été sec, ainsi que le printemps. Tout était en bon état.

— Je craignais d'avoir à requérir du mond

pour nettoyer ici, dit Madeleine, mais je vois
que c'est parfait. Je n'ai plus qu'à rentrer à
Paris.

— Vous ne ferez pas cela, affirma Ollagnier
avec force.

— Pourquoi donc ?

— Parce qu'il est beaucoup plus simple de
déjeuner ici avec moi : vous déjeunerez plus
tôt et plus agréablement.

Elle sourit à cette fatuité. Du reste, l'aplomb
de ce garçon lui en imposait.

Sa beauté de mâle brun et fort continuait
aussi à ne pas la laisser indifférente.

Elle ne dit ni oui ni non, ne sachant refuser
et n'osant trop accepter si vite. Il serait fâcheux qu'un collègue de son mari eût d'elle
trop mauvaise opinion. Ce souci la hantait.

Ollagnier, l'abandonnant à ses réflexions,
s'était déjà élancé dehors. Il revint bientôt
avec un marmiton chargé de victuailles.
C'était décidément un jeune homme d'expérience. Il n'ignorait pas qu'après un bon déjeuner peu de femmes savent résister à un
homme résolu et dispos.

Le déjeuner, copieusement arrosé de vins

généreux, voire même prodigues, mit des taches rouges aux pommettes de Mme Jutal et de l'incendie dans ses calmes yeux bleus. Ollagnier n'eut qu'à cueillir cet agréable fruit mûr. Son excitation toutefois trouva peu d'écho. Alors cette froideur de la jeune femme, feinte ou réelle, le vexant, il osa la lui reprocher.

A cela, elle répondit, avec la dignité qui convient à une femme de fonctionnaire :

— Vous m'avez prise, monsieur Ollagnier, je ne me suis pas donnée : je ne me donne qu'à Charles, mon mari.

Et, comme Ollagnier faisait la grimace, elle ajouta :

— Me croyez-vous donc une malhonnête femme ?

EN MANŒUVRES.

Le bataillon s'acheminait vers Concarneau, éreinté, mais plein de courage. Quinze jours de grandes manœuvres avaient éprouvé les plus solides gaillards. Les réservistes surtout se trouvaient surmenés, mais ils marchaient vers la liberté. Dirigés dès le lendemain sur Vannes, ils seraient désarmés sans retard et rendus à leur foyer. Cela leur donnait du cœur au ventre.

Georges Nédelec, bien qu'il eût l'apparence d'un grand enfant nerveux et délicat, élevé sous les jupes de quelque mère trop tendre, bien qu'il fût, à la vérité, affaibli par ce surmenage physique de la vie du soldat en guerre,

que ses jambes fussent molles et ses pieds
douloureux, Georges Nédelec entonna le premier un refrain de marche quand on eut gravi
la colline.

La vue de la mer charmait son cœur. Elle
était en sa robe bleue, lamée d'argent. Les
mouettes sillonnaient l'air, rapides et éblouis-
santes comme des éclairs. Les barques sor-
taient, ouvrant leurs ailes brunes d'oiseaux de
nuit. Les femmes des pêcheurs se tenaient sur
les quais. On distinguait la tache blanche de
leurs coiffes.

En un instant, Georges oublia les marches
rudes, la morgue des chefs, les privations
subies, tout ce long mois de servitude et de
fatigue, si dur pour lui, qui n'avait jamais été
soldat. C'était un fils aîné de veuve, d'une
éducation sentimentale. Sa mère, sa tante,
une vieille fille, et sa sœur vivant ensemble
s'ingéniaient à le gâter. Il n'avait guère quitté
leurs jupes que pour quelques courtes croi-
sières. Hors la famille, il aimait la mer. Il
l'aimait en ami et en artiste et s'installait à
son chevalet pendant des journées entières
pour ébaucher des études, qui rendissent dans

leur infinie variété ce tableau toujours chan-
geant du flot, calme ou furieux, bleu, blanc,
vert ou violet.

Cette mer bretonne semble, il est vrai,
comme tous les paysages de ses côtes, particulièrement lumineuse. Rien n'est plus charmant que ses berges odorantes, couvertes de
bruyères roses, quand le soleil les baigne de
sa lumière blonde. Rien n'est plus frais que
ses pacages ceinturés d'arbustes, où les vaches
passent jour et nuit, nonchalamment. Rien
n'est plus riant que ses champs de genêts ni
plus imposant que ses coteaux hérissés de
roches. C'est la vraie campagne, peu luxu-
riante, mais douce en sa sauvagerie, mame-
lonnée, cachant en des replis de terrain de
délicieux hameaux, sillonnés de sentes pro-
fondes, encaissées, dont les talus sont fleuris.

Les maisons sont pauvres, mais pittores-
ques ; la vigne monte jusqu'à leur pignon,
s'échevelant dans l'azur. Des touffes d'horten-
sias bleus, poussés en pleine terre de bruyère,
éclatent rares et magnifiques, enivrant le regard, au coin d'une masure, ainsi transformée
en une sorte de paradis terrestre.

Ce merveilleux pays, Georges le traversait en tous sens depuis deux semaines, et sa beauté vivement sentie avait contribué à soutenir ses muscles peu aguerris.

Un camarade s'approcha de lui :

— Ce soir, après la soupe, on tire une bordée, lui dit-il; tu en es?

Mais Le Nédelec fit la grimace, se remémorant les filles de Pont-l'Abbé, les *Bigoudens*, si peu appétissantes, lourdes sous leur triple jupe, et d'une propreté suspecte. Prématurément, elles l'avaient dégoûté de la femme, faisant tache dans le paysage. Une odeur de beurre rance flottait autour d'elles, et, les soirs dominicaux, il n'était pas rare d'en heurter quelques-unes du pied le long des routes, s'abandonnant, passives, aux bras de gars aussi ivres qu'amoureux.

— Grand merci, fit-il, nous sommes trop près de Pont-l'Abbé. J'aime mieux rester à jeun.

— Que tu es moule, mon pauvre Nédelec, reprit le frère d'armes. Les maisons hospitalières où nous irons déverser le trop-plein de notre âme, si j'ose m'exprimer ainsi, t'offri-

ront des échantillons variés de Bretonnes,
voire même de Parisiennes, et toutes, si tu te
souviens de Binic et de Paimpol, ne sont pas
si peu ragoûtantes que tes payses. Lavées et
musquées, elles font même des femelles fort
présentables.

La grâce des filles, dans le nord de la Bre-
tagne, avait en effet frappé particulièrement
Le Nédelec. Il avait admiré l'ovale joli de leur
doux visage, la profondeur de rêve de leurs
yeux bleus, leurs gestes calmes.

Alors il répondit : peut-être.

Ils se réunirent quelques-uns parmi les plus
fortunés et dînèrent à l'hôtel, gaîment, chan-
tant l'heure prochaine de la délivrance, se
grisant non moins de ces chants que de vin et
d'alcool.

Puis, allumés, ils se répandirent dans les
rues, cherchèrent les venelles où se cachent
de mystérieuses demeures que désignent une
lanterne bizarre et un numéro gigantesque.

C'était la première excursion de ce genre
que faisait Le Nédelec. Il suivit les camarades,
timide, songeant malgré lui à sa mère, à sa
sœur Louise, à sa tante Laura ces trois saintes.

Et voilà qu'à peine entré dans une grande salle, emplie de fumée et de cris, où l'on distinguait, comme à travers une brume, des toilettes criardes, une femme s'approcha de lui en l'apostrophant.

— Bonjour, monsieur Georges, comment allez-vous?

Il la regarda, stupéfait.

— Vous ne me reconnaissez pas?

Cette figure un peu bouffie, avec ses larges yeux bêtes et sa mâchoire solide ne lui était pas inconnue; mais il ne réussit pas à mettre un nom sur cette tête.

La femme continua :

— Comment va votre maman, et mademoiselle Louise et madame Laura?

Mais, il ne savait que dire, d'autant plus que les copains venaient d'éclater en applaudissements et en félicitations ironiques.

— Compliments, Nédelec, tu viens de retrouver une cousine.

Georges dut s'asseoir auprès de sa pseudo-cousine. On continua à boire. Intrigué, il voulut savoir qui était cette fille, mais elle se dérobait. Il n'en put rien tirer. Finalement, elle

consentit à lui révéler son identité, s'il voulait
bien l'accompagner.

Il se dit que celle-là en valait une autre.
Quand ils furent seuls enfin, il la dévisagea
nettement.

— Pour sûr, dit-il, je t'ai vue quelque part,
mais quand ? mais où ?

— Cherche.

— Margot n'est pas ton nom véritable?

— Non.

— Quel est ton nom ?

— Quand tu auras donné ta langue au chien.
Il sourit :

— Au chien ou au chat ?

— Comme tu voudras.

Margot était d'ailleurs douce et de très bonne
volonté. Elle s'ingénia à plaire à Nédelec et
lui donna quelque plaisir.

Il parut content, mais sa curiosité n'était
pas satisfaite. Elle revint à la charge.

— Tu vas me dire qui tu es. Je ne puis te
reconnaître, tu as les cheveux teints.

— Puis, je ne me coiffe plus en *bigouden*.

— Tu es donc une bi...

— Parfaitement, je suis née à Pont-l'Abbé.

— Ah! s'écria Nédelec, je vous reconnais. Vous êtes Marie-Jeanne.

— La bonne qui a servi six ans chez vous.

— Vous avez bien changé, dit-il simplement; et il baissa la tête.

Alors, avec presque de la tristesse, la pauvre fille demanda :

— Vous m'en voulez, monsieur Georges?

— Moi, pas du tout, au contraire, fit-il, sans trop savoir ce qu'il répondait.

Lorsque les camarades le retrouvèrent dans le salon commun, ils lui firent une ovation et l'un d'eux s'écria : « Eh bien ! les enfants, ça s'est bien passé en famille ? »

LES DEUX COCOTTES

Deux cocottes vivaient en bonne intelligence, si tant est qu'une telle expression
puisse s'appliquer à des demoiselles aussi
bêtes que des oies.

L'une d'elles, s'ennuyant du célibat, résolut
de prendre un mari.

L'autre lui dit :

— C'est absurde. Tu vas faire une sottise
plus grosse que toi. Tu aimes la liberté et le
changement, et Dieu sait si tu en uses ! C'est,
ici, chaque soir, un nouveau visage, auquel tu
enjoins de disparaître avant l'aube. Que de-
viendras-tu, ma belle de nuit, quand il te faudra, chaque jour, coucher avec le même

16

homme... et du soir au matin, quand il te
faudra subir un contrôle de tous les instants,
sa volonté et peut-être ses fantaisies?

— Précisément, répondit Chochotte, mon
indépendance m'assomme : j'ai soif d'un peu
d'esclavage; j'ai besoin d'être bridée.

— D'être battue.

— Peut-être, ma bonne Chichi... Se sentir
un maître, s'imposant, même par la violence,
voilà, ce me semble, qui, étant nouveau pour
moi, serait bon, exquis. Oh! les sensations inconnues!

Chichi se tut, dédaigneuse.

Mais Chochotte reprit son idée :

— Avant trois mois, je serai mariée.

— Taraboum...

— Tu peux chanter, ça ne m'intimide pas.
Quand on a deux maisons bien meublées et
cinquante mille francs qui ne doivent rien à
personne...

— Qui doivent tout à tout le monde serait
plus exact.

— Et toi? répliqua Chochotte sur un ton
vexé; ton chalet d'Asnières et tes actions de
chemins de fer, est-ce que tu les as gagnés en

économisant de vieux bouts de chandelle?

— Soit, fit Chichi ; mais je n'ai pas l'air de
prétendre, moi, les avoir hérités du grand-
duc, mon père.

Chochotte haussa les épaules.

— Enfin, qu'ils me viennent du moutardier
du pape, si tu veux, ça m'est égal, à moi ; toujours est-il que je les ai et qu'avec la tête que
j'ai par là-dessus je ne suis pas en peine de
trouver un honnête homme qui m'offrira son
nom et une place dans la société !

— Pourquoi ne lui demanderais-tu pas qu'il
te refasse une virginité?

— Il y en a, des femmes du monde, qui ont
roulé plus que moi.

— Autant, mais pas plus.

— Alors !

— Mais ça se sait moins. Je ne dis pas ça
pour te décourager ; il est bien certain qu'on
trouve toujours un gigolo disposé à vous bou-
lotter votre galette, même après avoir passé
devant monsieur le maire.

— C'est ce que nous verrons. En attendant,
je vais mettre une annonce dans les journaux.

— C'est cela... Allons-y.

Chochotte prit une plume et du papier; Chichi mit l'encrier à sa portée et la rédaction commença.

Chochotte écrivit :

« *Demoiselle.* »

— Ah ! non, s'écria Chichi... Qui veut trop prouver... Mieux vaut mettre « *Jeune dame du monde* ».

— J'aimerais mieux « *Veuve, jeune, jolie...* »

— Ajoutons « *grande* ».

— Non, ça pourrait être un inconvénient, s'il était petit, lui !

— Remplaçons « *grande* » par « *distinguée* ».

— On peut mettre aussi « *musicienne* », ce qui fait bien dans le tableau.

— Accepté. Continuons.

— « *... riche, désire mariage avec homme du monde sérieux, ayant position et fortune.* »

— Très bien, s'écria Chichi; maintenant, écrivons cela en abrégé : c'est meilleur marché et plus commode pour l'orthographe.

Après quelques hésitations, la rédaction suivante fut définitivement adoptée et expédiée sans retard à un grand quotidien, dont la quatrième page offre à ce genre de publicité une hospitalité aussi écossaise que peu désintéressée.

Veuve jeune, jolie, dist., mus., riche, dés. mariage av. hom. du monde ay. posit. ou fortune. Écr. C. F., bur. 23.

Trois jours après, Mlle Chochotte recevait quarante lettres, plus alléchantes les unes, plus alléchantes les autres.

Une correspondance active s'échangea aussitôt avec trois ou quatre signataires des lettres de réponse. Chochotte dédaigna les missives anonymes, les rendez-vous de messieurs prudents, cachant leurs nom et adresse. Elle jeta plus particulièrement son dévolu sur un jeune docteur qui, en des épîtres enflammées, affirmait avoir une clientèle choisie et un avenir extraordinaire.

Rien n'était plus facile que de se rendre, sans se faire connaître, chez ce brillant disciple d'Esculape. Cependant Chochotte, au moment d'aller demander une consultation, pénétrée de l'idée que se jouait son avenir, fut envahie par une timidité insurmontable... Elle ne put se décider.

Heureusement, Chichi était là, qui fit ses offres de service.

— C'est entendu, vas-y à ma place : regarde-le sur toutes les coutures et arrive vite me dire comment il est fait !

Il était fort bien. Chichi en jugea tout de suite ainsi. C'était un brun, avec d'ardents yeux bleus. Il parlait comme un professeur, en s'écoutant, avait des gestes étudiés. Chichi se laissa ausculter par ce joli garçon dont le diagnostic eut le don de lui plaire :

— Vous n'avez aucune maladie organique, lui dit-il : avec des soins, beaucoup de soins, car vous êtes une personne délicate et nerveuse, vous vivrez cent ans sans presque vieillir. Il vous faut une vie calme, régulière, exempte d'émotions et de tracas.

Comme, après ce boniment, il fixa à vingt francs le prix de la consultation, Chichi fut tout à fait éblouie. Elle le quitta, convaincue qu'il irait vite et loin.

— Eh bien ! demanda Chochotte impatiente, comment est il ?

— Très ordinaire. Un brun quelconque, parlant mal et d'allures communes. Ça m'a eu l'air assez pauvre, chez lui; d'ailleurs, il n'est pas cher : quarante sous la consultation.

— Quarante sous ! s'exclama Chochotte; ce doit être un imbécile !

Elle n'en parla plus. Elle éprouva plusieurs déceptions du même genre et renonça à ses projets matrimoniaux, pendant que Chichi poussait et menait à bien son mariage avec le jeune docteur.

Elle l'épousa... En le voyant, Chochotte comprit qu'elle avait été jouée. Elle entra dans une fureur inouïe et accabla son amie d'injures.

Chichi, devenue Mme Ponchardière, est battue comme plâtre et déjà ruinée, au bout de deux ans ! Elle devient méconnaissable; mais rien ne désarme Chochotte : plus elle sait Chichi battue et malheureuse, plus elle paraît se gonfler de rage. Elle l'a rencontrée, l'autre jour, avec un œil poché, et n'a pu se contenir.

— Sale grue ! lui a-t-elle dit. C'est à moi que tu dois ça, voleuse !

Et l'autre n'a rien trouvé à répondre !

FIN

TABLE DES MATIÈRES

ÉMILE COLIN, IMPRIMERIE DE LAGNY (S.-ET-M.)

AVIS DE L'ÉDITE

Le but de la collection des ... 9 centimes le volume, est de mettre entre ... ues éditions des meilleurs écrivains moder...

Sous une format commode ... temps ... une belle place dans toute ... il p... haque quinzaine un volume.

CHAQUE OUVRAGE ... VOLU...

En jolie reliure spéciale à la ... 4 fr. le vol

ENVOI FRANCO CONTRE ... TIMBRES

Imprimerie LAHURE, rue de ... 9, à P...

www.ingramcontent.com/pod-product-compliance
Lightning Source LLC
Chambersburg PA
CBHW070501030726
47503CB00004B/1133